仁科盛信

武田最後の雄

前田宗徳
MAEDA Munenori

文芸社

序

戦国時代最強の武将といえば、皆様方それぞれ思い起こされると思います。私にとっては武田信玄。この人をおいて他にはいないと思っています。武田二十四将を率い、上杉謙信との五度にわたる川中島合戦を戦い抜く。そして、のちに太平の世を築き上げる徳川幕府の祖・徳川家康をして唯一、一敗地に塗れさせた三方ヶ原の合戦での勝利。戦国史を彩る戦で数々の勝利を挙げたその手腕は、まさに戦国最強の武士といえるのではないでしょうか。

国内において、今も「信玄公」と敬意を払って呼称する地域があります。そう、山梨県です。なぜそう呼ぶのでしょう。

勿論、一番は郷土の誇りということでしょうが、武力のみならず、実は彼の治世も大変優れていたからです。

例えば、彼は古来、甲州一の水害頻発の地であった御勅使川《みだい》と釜無川の合流地点に十八年かけて治水工事を行いました。御勅使川の分水工事を行い、釜無川東岸に強固な堤防、通称「信玄堤」を築いたのです。堤防の上には竹木を植えて防水林としました。この治水工事は水害に苦しんできた甲府盆地に住む農民たちを助けたのですが、現在もこの堤は洪水の被害から地元の方々を守り続けています。

こういった施策の積み重ねが、農民たちの支持を得るに十分であったと考えられ、その敬う気持ちは現代まで受け継がれているのではないでしょうか。

信玄は生涯において子息七人と息女五人をもうけました。

その五男こそが〝盛信〟です。

長野県県歌『信濃の国』をはじめ、史料によっては「信盛」との記述もありますが、本書では「盛信」で統一し、また、父の武田晴信は一五五九年（永禄二年）に出家してから信玄と名乗るようになったのですが、本書では「信玄」の名で統一させていただきます。

武田最後の雄　仁科盛信

一

時は一五五七年（弘治三年）、第三次川中島合戦のさなか、一人の赤子がこの世に生を受けた。母は油川《あぶらかわ》氏の姫（香林院）である。当時、父・信玄は戦場に赴いていた。母にとっては信玄との間にもうけた初めての子であった。生まれて間もなく産湯に浸かるその顔立ちは、信玄の顔を優しくした雰囲気であったが、泣く姿は力強く、信玄をはるかに超える声を発していた。侍女たちは口々に、「このお子はお屋形様を超える器、大将になられるのではないか」と囁いていた。

産湯に浸かった後、母の横ですやすやと眠る赤子であった。

「ご注進、ご注進」

「何ぞある」

きっと睨む武田軍軍師、山本勘助の脇をすり抜け、信玄の前にひれ伏す間者が一言、

「男児がお生まれでございます」

告げた男をじっと見る信玄の目に一瞬緊張が走ったが、すーっと表情を変え、微笑を浮かべた。

「良きことかな。して、姫の様子は」

「母子ともにお元気でございます」

と言うと、男はさっと姿を消した。

勘助も笑みを浮かべた。

「お屋形様、おめでとうございます」

戦国の時代を生き抜いていく、勇者の華々しい人生がここに始まったのだった。


日本晴れの空のもと、甲府の躑躅《つつじ》ヶ《が》崎館《さきやかた》には、川中島から帰還した信玄がいた。

宿老一同と今後の信濃の仕置きについて侃々諤々《かんかんがくがく》、談合の真っ最中であった。

そこへ侍女の一人が末席の武将に耳打ちした。

それを見た勘助が厳しい顔つきをして一喝した。

「談合中ぞ。何事か」

「はっ、油川の姫がお目通りを願い出ておられまする」

勘助は、信玄の顔が一瞬ほころぶのを見過ごさなかった。なぜ今かと思いつつも、「しばらくお待ちいただくようお伝えせよ」と命じた。


信玄と赤子の面会は主殿にて行われた。姫には慰労の言葉を投げかけ、赤子は信玄のたくましい腕に抱かれた。信玄は即座に「五郎晴清」と命名した。五郎は信玄五番目の男児。「晴」は信玄出家前の「晴信」の一字である。

油川の姫の目には涙が浮かんでいた。油川氏は元々信玄の曾祖父、信昌《のぶまさ》の子息が油川信恵《のぶよし》と名乗ったのが始祖であった。信玄の父信虎と油川家は、武田家家督争いで幾度か戦火を交えていたが、そうした過去を乗り越え、信玄の五男を誕生させた油川夫人である。自身、自賛するところもあっただろう。母として幸せの絶頂にあった。

翌一五五八年（弘治四年～永禄元年）は武田家にとってめでたきことが続いた。

信玄が信濃守護に任ぜられ、嫡男義信が三管領に准ぜられたのだ。

また、五男の晴清は信玄弟の信繁の娘、さよとの婚儀が決まり、粛々と式が催された。

実は、晴清が生まれてすぐに、信玄は弟の信繁に相談し、二人の婚儀は既に決まっていたのだった。信繁は武田家内では副将として崇められる武将であった。

時に晴清一歳、さよ二歳。一族の結束をさらに強固にするためのものであり、稚児二人の婚儀も珍しくない時代であった。

婚礼には武田二十四将の穴山信君《あなやまのぶただ》をはじめ宿老たちも参集し、晴清の将来と武田家の弥栄を祝った。ちなみに剃髪後に梅雪《ばいせつ》と号する穴山信君の母親は信虎の娘、妻は信玄の娘であり、信玄にとっては甥であり娘婿でもあった。

二人はまだ赤子であり、当然何もわからなかったが、そのかわいさから信玄近習や油川夫人の侍女たちも温かく迎え入れた。周りの大人たちによる、二人の赤子をあやしながらの日々は続き、武田家にもしばらくの間は落ち着いた時が流れていた。

しかし、不幸は突然訪れた。

「お屋形様！」

大きな声が館内にこだました。

「何事か」

太く響く信玄の声。

「さよ様、ご危篤」

数日前から風邪をこじらせて寝込んでいたのだが、信玄や油川夫人、信繁が心配し見舞いに訪れていた。

「御宿監物《みしゅくけんもつ》、如何じゃ」

信玄が、武田家の侍医を務める監物に問うた。

「今夜が山かと……」

静かに、しかし、しっかりとした口調で監物は答えた。脇にいた信繁が覚悟を決めた様子で、「苦しまぬように頼む」と頭を下げた。

その翌朝、卯の刻（午前六時）のことであった。さよは苦しむこともなく、静かにこの世を去った。齢三歳であった。二歳の晴清は、何があったか理解できない様子であったが、遊び相手がいなくなったことはわかるようで、寂しげであった。

晴清近習にとっても寂しいことではあったが、戦国の世は確実に進んでいた。


一五六〇年（永禄三年）、駿河国太守今川義元が織田信長に桶狭間にて敗死するという大事件が起こった。世にいう「桶狭間の戦い」である。織田信長が彗星の如く、戦国武将の最前列に加わった事件であった。

当時、今川と同盟関係にあった武田軍も援軍としてこの戦に同道していた。今川義元が討たれたのち、織田軍が進軍してこないことを確認した武田軍は甲府へと退却した。

今川義元は信玄の嫡子義信の妻の父親でもあった。義信が十三歳で元服した年に正室として迎え入れた娘である。

義元の死がきっかけとなり、やがて信玄と義信の関係は怪しいものとなる。五年後の一五六五年（永禄八年）、義信は謀反の疑いで幽閉され、その二年後には廃嫡される。

武田家においては、国内の戦史最大の決戦、第四次川中島合戦も刻々と近づいていた。

この時期、晴清の母、油川夫人は晴清生誕の翌年には六男の信貞を産んでいた。のちの葛山《かつらやま》信貞である。駿河の葛山氏元の養子となって息女を娶り葛山の名跡を継ぐことになる。戦国時代においては、有力な国衆の子を迎え跡を継がせることはごく普通に行われていた。武田家としても葛山氏と誼を通じ、甲斐国も盤石なものとなっていく。

晴清と信貞は一つ違いであったが、性格は全く異なり、信貞はおとなしい性格であった。

さよが亡くなり数年の月日が流れていた。

油川夫人は信玄に新たな姫の輿入れを願い出ていた。弟信繁の息女が亡くなってから数年、信玄もそろそろと考えていたところだった。油川夫人にとって晴清は長男であり、武田家一門からの姫を、と密かに願っていた。

信玄の同母弟で信虎の六男に武田信廉《のぶかど》という、絵の才に優れた武将がいた。父武田信虎像や信虎夫人像、近親者の肖像画を描き、その多くは今日まで残されている。また、兄の信玄に姿かたちが酷似していたこともあり、信玄の影武者も演じていたようである。西上作戦途上の信玄亡き後、甲府に帰還する折にもその役割を果たしたようである。

信廉は兄の信玄と信繁を武将として尊敬していたが、彼の次女によのという六歳の娘がいた。

信玄が晴清の妻にと決めていたのは、この娘よのであった。

油川夫人にそのことをそっと打ち明けると、夫人の柔和な顔に笑みがこぼれた。

信廉には事前に話をしてあり、信廉自身も満足していた縁組である。

二

一五六〇年（永禄三年）、甲相駿三国の一翼を担う今川義元が死んだことを好機と、越後の竜・長尾景虎が相模の北条氏康を討伐せんと関東へ向け出陣した。途中、北条方の諸城を攻略しながら厩橋《まやばし》城（前橋）で越年。翌年の閏三月、上杉憲政の要請を受けて鎌倉にて関東管領職を相続、名を上杉政虎（のちの謙信、以降「上杉謙信」と表記す）と改めた。

しかし、武田信玄が海津城（松代町）を築いて北信の諸将を招集したと聞き、六月には急ぎ春日山城（新潟県上越市）に帰り、休む間もなく八月十四日には信濃に進軍し、十六日には妻女山《さいじょさん》（松代町）に布陣した。

謙信は退路を断つ背水の陣を敷き、その覚悟を信玄に見せつけた。

信玄も素早く反応し、八月十八日には甲府を出立して信濃へと向かった。

版図を拡大していた信玄である。広範囲への情報伝達も早馬だけでは機を逸してしまうため、狼煙を活用していた。山の谷間で狼煙を上げて、長距離の伝達には何十キロごとに中継しながら打ち上げて異変を伝達し、詳細は早馬での口上で確認していた。時代は戦国の世、火薬を使い花火が上げられることもあった。狼煙の意味は異変、つまり戦闘準備の合図でもあった。

長野善光寺から甲府躑躅ヶ崎館までは約一六〇キロ。早馬でも最速五時間かかると言われていた時代であったが、狼煙だと二時間で伝達できた。この仕組みは信玄の晩年には、現在の長野県・埼玉県・静岡県・神奈川県方面へと整備され大いに役立っていたという。

戦国の世でも現代でも、情報伝達の核心はその速さにあった。信玄はいち早くその方法を取り入れていたのだ。その革新性は信玄の大きな魅力でもあった。

武田軍・上杉軍、両者睨み合いを続けること一か月近く。

九月十日未明、ついに武田軍が動いた。武田別働隊一万二千が妻女山に向け進発し、背後から上杉軍を襲い八幡原《はちまんばら》に引きずり下ろす。本軍の兵八千と挟み撃ちにして決戦を挑む策をとった。

これこそ勘助が献策した所謂、「啄木鳥《きつつき》の戦法」であった。啄木鳥が餌である虫を取る時には、虫のいる木の穴の反対方向から突っつき、虫が出てきたところを仕留めるのだが、このことから命名されたとされる作戦である。

しかしながら、謙信もさすがの戦術家である。事前に察知した上杉全軍一万三千が夜半の霧にまみれ、静かに山を下り千曲川を越えて対岸の八幡原に布陣した。実は謙信は前日の夕刻、信玄が滞陣する海津城より、いつも以上に炊煙が上がっているのを見過ごさなかった。にぎり飯を大量に用意していると判断し、夜半に出陣すると決定したのである。

その夜、馬の口に轡《くつわ》をくわえさせていななかないようにしたのち、静かに妻女山から八幡原に移動していたのである。のちに江戸の儒学者頼山陽が「鞭声粛々夜河を渡る」と詠んだのはこの時の状況である。

千曲川と犀川の合流地点に近い八幡原は、その時濃霧に覆われていた。やがて夜が明けて霧が晴れた時、武田本軍の前には、整然と並ぶ上杉の大軍の姿があった。上杉軍は車懸りの陣を整えていた。

それを見た信玄は落ち着いて、

「勘助、謙信は一枚上手《うわて》ぞ」

「人生最大の不覚。申し訳ございません」

信玄の言葉に勘助は即座に返した。すると信玄も間髪容れず、

「勘助！　鶴翼《かくよく》じゃ！」

さすがは百戦錬磨の武田軍である。隙を見せることなく鶴翼の陣形を整えた。山本勘助は自ら立てた策の失敗を悔いた。しかし、今は何としても武田本陣にて信玄の命を守ることが第一。

上杉軍の車懸りの陣は、二重三重の隊列を組んで先頭がまず繰り出す。その後二列目の隊が繰り出す。次は三列目と繰り返し、常に気鋭の隊を前面に繰り出すのである。

対する武田軍の鶴翼の陣は、その名の通り鶴が翼を広げたような隊列であり、敵を翼で包むようにして戦う陣形である。

両軍の戦闘は卯の刻（午前六時）に始まった。双方入り乱れての大戦が続いた。その間武田軍は奮戦したが、兵力の差は歴然としていた。

「勘助、妻女山の別動隊はまだか」

信玄が問うた。

「はっ、未だ見えませぬ。必死に向かっていることと存じます。お屋形様、これより勘助、敵本陣に向かいます」

と答える勘助の顔をじっと見た信玄が、

「死ぬでないぞ」

と語気強く言うと、

「有難き幸せ。ではお屋形様」

頭を垂れる勘助の目には、うっすらと涙がにじんでいた。

思えば山本勘助、元々は今川家の間者であった。諸国を渡り歩き随所随所で情報を入手し、今川に逐一報告していたという（『甲陽軍鑑』によれば三河国の出身で、今川義元にはその容姿を嫌われたために仕官はかなわなかったとも伝わる）。

行く先々において仕官し、様々な戦闘にも加わっていたという。そしてある戦闘のさなかに左目と右足に怪我を負ってしまい、左目を失明し右足も不自由になってしまったらしい。諸国行脚の最後に、今川領に隣接する武田領内に入った。その頃の武田家は、信玄が父の信虎を甲斐国内より今川へ追放したばかりで国内の政情は不安定であった。

宿老板垣信方が「領内で面白き輩を捕縛してきました」と信玄のもとにやって来た。片目は見えず、片足をひきずり、着物は粗末な継ぎ接ぎだらけのみすぼらしい出で立ちの男であった。男は信玄を前にして諸国のあれこれの情報を話し、信玄に興味を抱かせた。そして最後に武田家にて召し抱えてもらいたいと申し出た。

信玄は禄を与え召し抱えることとした。ひれ伏す男を前にして、板垣が「何故素性も知れぬこの者を引き立てるのか」と問うと、信玄は男を見ながら言った。

「人とは出自や身なり、障害の有無にかかわらず、その人の持つ能力を活かすことこそ肝要である。諸国で見聞してきた経験を、この甲斐にて存分に発揮してもらおう」

その言葉を聞いて、この主に命を預けようと誓った。その男こそ山本勘助、その人である。

人は城　人は石垣　人は堀　情けは味方　仇《あだ》は敵なり

信玄座右の銘の実践であった。

勘助は敵本陣近くにて奮戦したが、多数の弓矢を受け満身創痍になるも、しばらくの間は仁王立ちのまま必死に叫んだ。

「我こそは山本勘助、この首、取り候え、謙信のもとに送れ。さすれば勘助、謙信に食らいつきて死をもたらしてくれるわ」

最後の言葉を叫んだのち、勘助は命を絶った。見事な最期であった。

一方、妻女山にいた別動隊一万二千はその頃、激戦を繰り広げ八幡原に必死の思いで向かっていた。途中、上杉軍一千を蹴散らして、巳の刻（午前十時頃）ついに上杉軍本隊の後方に到着し、怒涛のように襲いかかった。これで形勢は一気に逆転した。

その時である。淡黄色の毛並みの美しい馬に乗った一人の武将が、瞬時の速さで信玄本陣に向かってきた。愛馬、放生月毛《ほうしょうつきげ》に乗った謙信であった。

信玄に三太刀斬りつけた後、疾風の如くその場を去っていった。まさにあっという間の出来事であった。信玄は太刀を抜く間もなく、かろうじて軍配で防御したが傷を負ってしまった。その軍配には七つの傷が残っていたという。

ちなみに川中島古戦場跡には現在、三太刀七太刀之跡の碑が立っている。

謙信が去ると同時に上杉軍は退却していった。『甲越信戦録』には戦死者は武田軍四千六百三十八人、上杉軍三千四百七十人とある。激烈な死闘は終わった。諸説あるものの、前半は上杉軍の勝利で後半は武田軍の勝利で終わったとのことである。武田の諜報戦もあり、戦後は川中島近郊の武田家の版図は拡大している。結果としては武田軍の勝利と捉えてもよいのではなかろうか。

だが激しい戦闘で亡くなる者も多くいた。信玄の実弟である信繁、諸角《もろずみ》豊後、初鹿《はじか》野《の》源五郎、山本勘助をはじめ多くの名将も戦死した。

そしてその中に仁科盛政なる武将の名もあった。仁科惣領家最後の当主である。仁科家の祖は仁科盛遠といい、桓武平氏、平繁盛の末裔ではないかとのことである。仁科三湖（青木湖・中綱湖・木崎湖）のある現在の長野県大町市から新潟県境、安曇郡一帯を領していた。その街道は千国《ちくに》街道（糸魚川・安曇野・松本街道とも）と呼ばれており、街道沿いからは白馬岳をはじめ後立山連峰など名峰が聳え立つ姿が見える。

実はこの仁科家の名跡を継ぐのが晴清、のちの盛信である。以降平氏改め清和源氏義光流・武田氏支流として源氏姓を名乗ることとなるのだが、この時は誰もそうした未来は知る由もなかった。

三

一五六三年（永禄六年）、晴清は六歳になっていた。顔はりりしさを増していた。

この年、武田・北条連合軍が上杉支配下にあった武蔵国松山城や上野国厩橋城を相次いで攻めた。武田軍が上野への侵攻を本格的に始めた年でもあった。

その間、晴清にとっての二度目の婚儀が厳粛に執り行われた。信廉の次女、八歳のよのを娶ったのであった。晴清は一度目の婚儀のことは幼すぎて記憶にもないが、利発であった彼は二度目の婚儀については十分理解していた。一族の中核にいる叔父の娘を娶ったのである。子供ながらに、晴清にとって満足のいくものであり、武田家は二人の弥栄を祝っていた。

幼い夫婦の生活が始まった。朝起きた二人はいそいそと井戸へ向かい、汲み上げた水で顔を洗う。夏場はいいのだが、冬場の水は冷えており体の芯から冷えた。晴清がそっとよのの手を取りハーハーと温かい息を吹きかけ温めてあげると、よのがにこにことして晴清の顔を見つめていた。

日中は、躑躅ヶ崎館の裏手にある積翠寺《せきすいじ》の周りを、同年代の近習と走り回って、かくれんぼや鬼ごっこで汗をかいていた。雨の日には専ら屋敷内でかるたや双六、貝合わせで遊んでいた。二歳年上のよのであったが、いとこ同士でもあり、知らない仲でもない。すぐに打ち解けて、頼りになる夫、いや友達のように見ていた。

それから二年後の一五六五年（永禄八年）、武田家を揺るがす大事件が勃発した。義信を奉じ、信玄を追放しようとする動きが表面化したのである。

今川義元が亡くなって五年、義信には自分の正妻の実家である今川家の領土を侵す父信玄のことが、どうしても理解ができなかったのだ。

結果として、かつて父信玄が祖父信虎を追放した時のように、今度は義信が父に対し事を起こしたのである。信玄暗殺の主犯とされたのは、信虎の時代から武田家に仕える譜代家老衆の一人であった飯富虎昌《おぶとらまさ》である。しかしその企ては飯富の実弟の飯富三郎兵衛（後に山縣昌景《やまがたまさかげ》と改名）の密告により発覚。主君のためには近親者の企ても通報しなくてはならない戦国の世であった。弟も内心は穏やかではなかっただろう。

「飯富の赤備え」として知られる虎昌の部隊は、甲冑や旗指物などの武具を赤に統一していて、目立つものの活躍もあって敵からは恐れられたという。ちなみに、赤備えの精鋭部隊はその後弟に引き継がれ、昌景の死後は徳川方の井伊直政が引き継ぐこととなる。

飯富虎昌はその後切腹を命じられた。義信は責任を問われ、甲府東光寺に幽閉されることとなる。

信玄としては、義元の嫡子である今川氏真では戦国の世に生き残れないと、今川家の衰微を見切っていたのだ。そして、いずれは今川領地、駿河・遠江へと武田家の版図を拡大すべく行動を起こそうとしていたのだ。その戦略が結果的に信玄・義信父子に暗雲をもたらしたのだった。義信にとっては、義兄弟の今川氏真を滅ぼし武田が取って代わることが許せなかったのである。

義信はその後、一五六七年（永禄十年）十月に甲府の東光寺にて死去した。病死とも自殺とも言われている。享年三十の命であった。


それから一か月も経たないうちに、四郎勝頼に嫡男武王丸（太郎信勝）が生まれた。信玄にとっては嫡孫である。この四郎勝頼、その名からもわかるように信玄の四男である。

信勝出産の際、勝頼の正室遠山夫人（信長の養女、龍勝寺）は難産の末に亡くなった。その一か月後、信玄の五女松姫と織田信長の嫡男奇妙丸（信忠）との縁談が成立した。この縁談は遠山夫人死去の報を受けた織田信長が、武田信玄に即刻申し入れたとされている。織田信長としては武田家との縁を切りたくなかったのであろう。当時、その勢力の差は歴然としていたからだ。なお、松姫は晴清の同母妹である。

信玄の次男である信親は、生まれながらの盲目であった。信玄は彼を不憫に思い、甲府の長延寺（のちの入明寺《にゅうみょうじ》）を鎌倉から招いた実了《じつりょう》に再興させ、彼のもとで学問と仏法の修行をさせた。やがて信親は出家して龍宝（龍芳）と名乗り、その後の人生を僧として過ごす。また三男の信之は夭逝している。

こうした経緯から、武田家中では、長男の義信が亡くなってしまったので、跡継ぎは勝頼になるのではないかと噂されていた。

武田家の宿老たちは信玄を中心に微塵も揺るがぬ結束を保っていたが、勝頼の側近たちには少しずつではあったが、勝手な振る舞いをする者も目立つようになっていた。

晴清はこの年十歳になっている。少年へと成長し、世の中の情勢も少しずつ理解できる年頃になっていた。今回の兄義信の一件は、晴清にとっては衝撃的な出来事であった。年齢が離れていた兄とはいえ、武田家の嫡男である義信の末路があまりにも哀れに思えた。つらかったが、その出来事を自分なりに理解し納得しようとしながら、文武両道に励んでいた。

そんな折である。四郎勝頼が晴清に会いに来たのであった。嫡男武王丸が誕生した頃である。

「はる、今回の兄上（義信）の件はさぞや驚いたことであろうな」

勝頼は晴清のことを「はる」と呼んでいた。晴清は驚きを隠さず正直に言った。

「驚きました。何故父上を追放しようなどと考えたのか、私にはよくわからないことでした。兄上はわかっておられたのですか？」

勝頼は腕を組んでしばし考え、

「そうじゃのう。そなたには納得できないだろうのう。しかし、いずれ成長した暁には、なるほどとわかる時も来るであろう」

晴清は勝頼の顔をじっと見ながら、

「そうなんですか……」

晴清は幾分納得しがたい様子であったが、勝頼は明るい笑顔を見せて、

「はるよ、今日は、武王丸のことで話しに来たんじゃ」

晴清は満面の笑みを見せた。

「兄上、おめでとうございます。早く会いたいです。武王丸は元気ですか？」

勝頼もうれしそうに応じる。

「ああ元気じゃ。健やかに育っておるわ。はるとは十歳違いになるのかな。まだまだ赤子だが、奴の良い遊び相手になってくれんかのう。わしは弟であるお前を武王丸の一番の遊び相手にと思うておるのじゃ。はるはしっかり文武両道に取り組んで、自身を厳しく鍛えておるようじゃ。武王が目指す男として、その姿を見せてやってもらいたい」

晴清は目をぱちくりさせながらも、兄の申し入れを素直に受け入れた。

勝頼は晴清を信頼していた。

勝頼の母は正妻ではない。信玄が滅ぼした諏訪《すわ》頼重《よりしげ》の娘であり、諏訪御料人と呼ば

れたその人であった。一方、晴清の母も正妻ではない。そのような似た境遇からか、勝頼は異母弟の晴清をかわいく思い信頼もしていた。勿論晴清にはそんな事情は理解できていなかったが。

この頃の晴清は、朝早く起きて、まずは上半身裸になって手拭いで肌をこする乾布摩擦を行う。それは寒い冬であっても休まず一年中実行していた。朝飯を食べた後は武術の鍛錬。午前中は刀や鑓の稽古を行って主に身体を鍛えた。午後は学問に没頭していた。

信玄の招きにより恵林寺に入った快川《かいせん》国師から教えを受けていたが、特に勉学に励んだのが孫子の兵法であった。父の信玄が国師に晴清の教育係をお願いしたものであった。

武田家の戦場で旗めく「風林火山」の旗も、元々は孫子の兵法から取った文字であった。

其疾如風　其徐如林　侵掠如火　不動如山（軍争編第七）

恵林寺は武田家の菩提寺でもあった。武田家滅亡の折、織田勢から寺に火を放たれ焼き殺されんとする際、快川国師が唱えたとされるのが以下の言葉である。

安禅不必須山水（安禅必ずしも山水をもちいず）

滅却心頭火自涼（心頭滅却すれば火も自ずから涼し）

一方、よのは義母である油川夫人より数多くの料理を学んでいた。甲斐は山に囲まれた国なので山菜料理が主ではあったが、夏場は近くの川で鮎を捕獲し調理していた。晴清は六月下旬に捕獲する鮎の塩焼きが好物であった。美味しそうに頭からかぶりつくその食べっぷりの良さが、よのにはうれしかった。だが晴清の一番の好物は塩味の濃いにぎり飯であった。よののにぎり飯を食するのが晴清にとっては一番の幸せな時であった。

月に何度かはかるたや貝合わせ、鬼ごっこやかくれんぼをして遊んでいた。まだまだそうした子供らしい一面もあった。和やかで穏やかな日々が流れていた。

四

第四次川中島の合戦で亡くなった仁科盛政の父盛康は、嫡子の菩提を弔いつつ現役復帰し、森城（仁科城とも）を守っていた。森城は現在の長野県大町市森にあり、仁科三湖の一つ木崎湖の西岸にあった。上杉領と武田領の境界であり、戦略上重要拠点に位置しており、越後の糸魚川から信濃の松本まで続く千国街道沿いにあった。

盛康には男子が一人しかいなかった。その盛政を失ってしまった今、後継ぎがいなくなり、平安時代から連綿と続いてきた仁科家は存続の危機に陥っていた。ただ盛政には娘が二人いた。盛康からすれば孫娘である。

盛康は甲府に赴き、お家安泰をと幾度となく信玄に願い出ていた。

信玄は、他国の領土を奪取した際はその名と家臣団を継承することにより、武田家の安定的な支配を保っていた。仁科家もその一つであった。

甲府の躑躅ヶ崎館では、信玄と信廉が向かい合って何事か話し込んでいた。上杉との戦は第四次川中島の合戦以降は落ち着きを保っていた。しかし、敵はいつまた仕掛けてくるかわからない。十分な監視が必要である。武田の領国の版図が広くなればなるほど侵略される箇所も多くなる。

一方の謙信は、北陸の一向一揆や関東の鎮圧に休む間もなく戦っていた。食うか食われるかの戦国の世である。日の本の武将はこぞって相争っていたのだった。

信玄がふっと視線を信廉に向け、一言口を開こうとした。それを見て、信廉が何かを悟ったかの如く口を開いた。

「駿河方面、越後国境《くにざかい》、飛騨木曾方面」

信玄が答える。

「越後国境」

信廉はしばし考えてから、

「越後国境、川中島、いや森城ですかな」

「謙信は北陸方面の一向一揆で手を焼いている」

「なるほど、さすれば謙信、千国街道へ出陣はできかねますな」

信廉も利発な男である。謙信が千国街道を抜けて松本方面に進軍するのは、現状を鑑みれば明らかに可能性としては低い。まずないと言ってもよい。

しかしながら、二人の思惑は意外なものであった。それは森城の仁科盛康にとっては家名も残り、武田家との固い絆を築くものとなる。この上ない喜びであろうから、武田家への忠誠は足軽雑兵に至るまでさらに深まるであろう。越後国境の一つの街道はこれにより抑えることができる。


それから数日後、信玄と信廉、そして少年少女に成長した晴清とよのが集っていた。信玄の口から息子夫婦にある考えが伝えられた。

それを聞いた晴清が、叔父信廉の目をじっと見つめ、「それでよろしいのでしょうか」と問い質すように強い言葉を投げかけた。

よのは涙を浮かべ、黙りこくってしまった。が、その目は父信廉を向いていた。

二人から向けられた強い視線に信廉は押しつぶされそうであった。

空虚な時間が過ぎていった。と、よのが口を開いた。

「武田家一門の姫として生を受け、晴清様と過ごしたこの数年、よのにとっては大変な喜びでございました。不束者でありましたが、晴清様ありがとうございました。よのはわかっております。お屋形様の言われること、まさにその通りでございます。この上は、仁科家との縁組、一刻も早く進めてくださいませ」

目をかっと見開き驚く晴清であった。重苦しい空気が支配していた。

このの ち、何故かよのの消息はわからなくなってしまうのであった。


一五六八年（永禄十一年）、信玄は本格的に駿河に侵攻、駿府を占領し、今川氏真を遠江掛川城へ追いやる。またこの年、越中（富山県）の一向一揆や神保氏と連携して越後攻めを企てる。なお、石山本願寺の顕如の妻と信玄の妻三条夫人は姉妹であり、越中の一向一揆も信玄が義弟の顕如を動かし画策した結果である。

信玄は益々意気軒昂であり、武田軍の勢いは衰えを知らなかった。

翌一五六九年（永禄十二年）、成長した晴清が仁科盛康の孫娘、しのとの婚儀を終え、正式な夫婦となった。時に晴清十二歳、しのも同じく十二歳であった。晴清は三度目の婚儀によって初めて同い年の妻を娶ったわけである。形式的には盛康の養孫になったわけで、仁科姓を名乗ることになった。また名も晴清から盛信（信盛との説もあり）になり、ここに〝仁科盛信〟が誕生する。

婚儀の日には、兄の勝頼も祝いの席に列席していた。勝頼はここ最近目覚ましい活躍を見せていた。駿河国蒲原《かんばら》城攻めにおいて、いとこの信豊（信繁の次男で、川中島の合戦で死亡した信繁の跡を継ぐ）と相争う勢いで攻め立て落城させている。信玄は若気の至りと、勝頼と信豊によるその無理やりの攻撃を戒めたが、内心なかなかやるわいとほくそ笑んでいた。義信亡き後、雑な戦ではあったが頼りとする勝頼が成長してくれたことを喜んでいた。

話は少し遡る。

晴清婚儀の前夜、突然勝頼が晴清の前に現れた。「少しいいかな」と、勝頼は晴清の正面に向かい合って座った。

晴清は満面の笑みを浮かべて、

「兄上、蒲原城攻略おめでとうございます」

と、まず祝いの言葉を口にした。勝頼はやや厳しい顔をして、

「駄目じゃ、はる。父上より大目玉をくろうてしもうた。無理な城攻めはよくない。じっくりと攻めるのが肝要。しばらく待てば城内から離反者が出て降伏する可能性が高かったのじゃ。攻めるばかりが策ではない。ましてや総大将が自ら攻め入るとは何事か、馬鹿者が、となる。如何に自軍の損害を少なくするか。兵を大事にする術をよく考えよ、とも言われた。おそらく父上は、事前に調略の手を打っていたのだと思う。それを知らせてくれない父上も父上だが、しかし、であるからこそ、父上は偉大だと改めて思い知らされた一戦だったわ。……ところではる、仁科の姫の様子はどうじゃ？」

かしこまっていた晴清は、急に破顔してにこにこ答えた。

「はい、利発な姫だと思います。今回の婚儀で仁科家の家名も存続し、亡き父上も喜んでいると言っておりまする。楽しく暮らせていけそうです。婚儀が終わり次第、森城に向かおうと思います」

勝頼は頷いた。

「そうかそれは良かった。各地で謙信との戦が続いているが、千国街道を攻め寄せてこないとも限らないからな。十分注意し、越後国境には日々備えと見張りを忘れずにな」

その言葉に晴清は厳しい表情になった。

「兄上ありがとうございます。兄上は、今後はどの戦に？」

「父上と共に、駿河国の拡大にも早くに決着をつけるつもりじゃ。ただ、一匹の小賢しい蝿《はえ》がおるでな。いずれ叩いておかねばならぬと思っておる」

勝頼が厳しい顔つきで言うと、晴清が不思議そうに「蝿？」と首をかしげると、

「三河の蝿じゃ。松平某《なにがし》（後の徳川家康）という。元は今川の配下であったが、義元公亡き後、信長と組み、少しずつ勢力を増しているようだ」

勝頼の返答に晴清は納得できない様子で呟く。

「ふーん……三河の蠅か。どんな奴でしょう？　いずれ、どこかで、相まみえるやもしれませんな。楽しみです」

勝頼はひと呼吸置き、腕組みして晴清に問うた。

「はるよ、婚儀の前日に話すような話ではないとは思うが、一つ聞かせてくれ。亡くなった兄の死のことじゃが……」

晴清はしばし目を閉じ考えを巡らせていた。

「兄上の義信は……。兄上、私は幾人もの年寄り衆に経緯を聞きました。父上の若い頃の出来事、祖父信虎追放のこと、諏訪家との確執とその制覇、その後の村上との戦での敗戦、上杉との戦、今川の桶狭間での敗死、父信玄と兄義信の確執……。私が生まれる前の武田家の出来事から最近までをきちんと知りたかったのです」

「で、どう思った？」

勝頼の再びの問いに晴清はつらそうに答えた。

「悩み……苦しみました。しかし今となっては致し方がなかったのだと納得もしました。兄の義信が亡くなったのは残念です。ただ一番苦しんだのは父上だと思います。その葛藤は、私のような者には、計り知れぬものがあったと思います。武田家が真っ二つになるのを未然に防いだ。泣いて馬謖を斬る以上のつらさがあったと思います。その上で今の武田家があると考えます。武田家、武田軍団は最高の団結の力を有していると思います」

勝頼はすっと晴清の手を取った。

「はる、よくぞ申してくれた。そちの思い、よくわかった。兄もこれで安心した。お互い、父上、武田軍のために思う存分働こうぞ」

晴清も勝頼の手を強く握り返す。

「もとより、その気持ちでおりまする」

「おう、はる、長居した。明日は大切な婚儀じゃ。そろそろ帰る。はるも今宵はゆっくり休んでくれ。くれぐれも朝寝坊は許さんぞ。わっはっは」

すっきりした勝頼は手を離し、心からの笑顔を見せ帰って行った。

翌日の婚礼には、武田家一門から父信玄、兄勝頼、穴山信君、重臣からは馬場信《ばばのぶ》春《はる》、山縣昌景、内藤修理亮《しゅりのすけ》といった錚々たる面々が揃い執り行われた。花嫁の祖父である仁科盛康は、今までの苦労が一気に吹き飛ぶような感無量の気持ちであった。酒盛りの席を外した盛康の目には涙が浮かんでいた。嫡子盛政を川中島で亡くし、仁科家の行く末を案じていたが、まさか信玄の子息が跡を継いでくれるとは夢にも思っていなかった。改めて信玄に感謝し、武田家への忠誠を誓ったのであった。

婚儀後、晴清改め盛信は森城に入った。

一連の祝い事が落ち着いた頃、盛信はいよいよ始動した。

まずは養祖父盛康に、森城周辺の地侍について尋ね、状況を確認した。森城は小さいとはいえ越後との国境にある。その存在の戦略的意義は大きい。上杉にいつ脅かされるやも知れぬから油断は禁物である。

一通り養祖父から教えを受けた盛信は、姿勢を正して願い出た。

「お養祖父《じい》様、国境の地でありますから、当然上杉の間者も多く配置されていると思います。無論、仁科家の間者もそれに対するよう配置されているとは存じますが、この争い事の絶えない世の中、正確な情報を得るのは非常に重要なことだと思います。そこで盛信の初仕事として、間者の人数を増やすこと、そして質の高い間者を育てることに尽力させていただきたいのですが、如何でしょう」

盛康が満足げに答えた。

「盛信殿のお考え、ごもっとも。情報は重要。情報一つで生死が分かれることもある。して、如何に育てるのかな?」

盛信は丁寧に答えた。

「この辺りは後立山連峰の峰々もあり、身体を鍛えるにはもってこいの場所と心得ます。森城よりさらに高い山への一日往復十里の遠足《とおあし》をやり、他家の間者に負けない体を作りたいと思います。また父信玄より私に遣わされました僧侶による学問の習得。特に昔の武将たちの戦い方、兵法を学び、そして間者たちに勉学をと考えています」

盛康は大きく頷き納得した様子である。

「おう、それはいい。是非とも進めてくだされ」

盛信は早速、領内の十五歳から二十歳までの男子を募った。この新たな若き領主の発案に領内の百姓衆は期待を寄せた。数十人の希望者が集まった。小さいながらも一つの事業が開始されたのだった。盛信の初仕事であった。

その希望者の中に、農家の三男坊でさぶという若者がいた。さぶは元々自然の中を走り回るのが好きで、小さい頃から仁科三湖の周りを駆け回っていた。今回の話に喰らいついたさぶは、父母に懇願した。

農民たちは日々の生活に困窮していた。口減らしといって、我が子を商人のもとへ奉公に出したり、他家へ養子に出したり、果ては生まれてすぐの嬰児に手を掛けたりと、皆生きるのに必死な時代であった。

さぶの家は比較的裕福な家であり、誰も口減らしには遭っていなかった。

さぶの願いを父母はすぐに快諾した。裕福な家といっても、食い扶持が一人分減るのは父母にとっては随分と助かるし、肩の荷が下りた気持ちにもなる。

さぶはその後、日々間者としての訓練を受けていたが、すぐに頭角を現し、いつしか周りの若者たちのリーダー格になっていった。その姿は皆の目を引き、盛信にも頼もしく映っていた。

さぶが実際に活動を開始するのも間近であった。

盛信は日々多忙になりつつあったが、婚儀後しばらくの間は若い二人にはおだやかな日々が続いていた。しかし世の武将たちにとって、心休まる日はなかった。

五

その頃、信玄率いる武田軍は、一時も休むことなく駿河攻略を最優先に進軍していた。富士郡の大宮城から蒲原城、花沢城、深沢城、興国寺城を攻め立て、一五七一年(元亀二年)には駿河のほぼ全域を手中に収めた。

駿河侵攻を成功させた信玄は、武蔵へ進軍し、関八州の覇者北条方の諸城を攻め立てた。その最中の一五七一年十月、実力者北条氏康がこの世を去った。既に一五五九年（永禄二年）には嫡男氏政に家督は譲り隠居していた身だ。享年五十六、波乱に満ちた生涯であった。

遡ること十七年前の一五五四年（天文二十三年）、戦国時代の三傑武田信玄・今川義元・北条氏康の間で甲相駿の三国同盟が成立していた。武田家には今川義元の息女（嶺松院）が嫡男義信に、北条家には武田信玄の息女（黄梅院）が嫡男新九郎氏政に、そして今川家には北条氏康の息女早川殿が嫡男氏真にそれぞれ嫁ぎ、三国軍事同盟が相成っていた。その後一五六〇年（永禄三年）には今川義元が桶狭間で亡くなり、そして今、北条氏康が天寿を全うした。

生前、氏康は上杉との同盟を破棄して武田との同盟を復活するよう氏政に遺言したという。氏政の行く末を案じ、上杉・武田両戦国武将を天秤にかけていたのだ。軍の統率力や領民の評判などを日頃より情報取得していた氏康である。信玄は戦も強いが治世にも優れている。およそ領民からの評判は悪くない。一方、謙信は戦は強い。しかしながら飽きっぽい性格で、戦の最中、見限って戦場から出奔したこともあり、領民から絶大な信頼を得ているかと問われれば否である。信玄との同盟を維持すれば氏政も北条家も安泰、と氏康の目には映っていたのであろう。

時は一五七二年（元亀三年）、武田と北条との同盟が復活した。互いの分国の承認と不可侵を協定する「国分《くにわけ》」が行われた。駿河では狩野川・黄瀬川《きせがわ》を境に西側が武田領とされ、両河川西側の北条領が武田家に割譲された。武蔵では上野・武蔵国境がそのまま国境とされ、武蔵側にあった武田領の御嶽城（埼玉県児玉郡神川町）が北条氏に割譲された。

武田家にとっては、これで関東から甲斐に攻め入られる心配はなくなったわけである。

一方、越後の謙信は当時、北陸越中の一向一揆に手を焼いておりそちらに注力していた。

武田家はこの時期、歴史上貴重な書状を発していた。武田信玄と勝頼父子の連署になっている書状である。現存している連署の書状としては唯一のものである。送った相手は、越中勝興寺《しょうこうじ》（蓮如開基。本堂と大広間及び式台の二棟、国宝に指定）の第九代住職・顕栄であった。当時謙信の北陸制圧に対し、一揆勢力の中心的立場にあった反謙信派の代表格である。

越中越後の反謙信派は、信玄が謙信の本拠地である春日山城に攻め込むことを期待していた。信玄も約束はしていたが、この書状を書いた直後に再び遠江・三河に向けて出陣していることから、直ちに越後に向かう気はなかったものと思われる。また、信玄としては齢五十を超え、また労咳を患っており、残された時間はあとわずかであると確信していたようだ。そのため顕栄宛ての書状には、謙信本拠地への攻撃が遅れていることへの詫びと、自分が倒れても勝頼が責任を持って作戦を引き継ぐ、といった点を示すため、勝頼にも連署させたと思われる。

またこの時期、織田信長と仲たがいした将軍足利義昭から、信玄に京へ上るよう矢のような催促が届いていた。信玄正室三条夫人の妹が嫁いでいる本願寺の顕如は信長への報復を懇願していた。一五七一年に信長が比叡山焼き討ちという悪名高き暴挙に出ていたのである。熱心な仏教徒でもあった信玄にとって、仏敵でもある信長を倒したいという気持ちは激しくなっていた。

信玄の信長包囲網は完成しつつあった。だが織田軍と対峙していた近江の浅井・越前の朝倉に撤退の動きがあり、信玄にとっては拍子抜けの感もあった。

しかし、時が信玄の進軍を強力に推し進めた。

武田信玄一世一代の大勝負に、今まさに撃って出ようとしていた。時に信玄五十二歳の晩秋であった。

盛信は十五歳になっていた。父信玄の命で、謙信の属城であり信濃国に対する越後側の最前線基地である根知《ねち》城（新潟県糸魚川市）付近に兵を進めていた。信玄による陽動作戦である。攻めると見せかけては引き、引くと見せかけては攻めていた。決して真剣勝負は挑まず、時間稼ぎさえすれば十分と、昼夜を問わず行っていた。根知城城主以下将兵たちは休む間もなく、疲労が溜まっていった。

またこの作戦には、盛信が育てた間者たちが十分な働きをしていた。その中にはリーダー格のさぶもいた。根知城近くで武田本隊が仁科軍の後詰として迫ってきているとか、手強い越中の一向一揆に手こずっていた謙信が敗北したなどの偽情報を、まことしやかに流布していた。根知城城下の領民も気が気ではなく眠れない夜が続いていた。

結果、父信玄が描いた作戦は功を奏した。

一向一揆との戦で越中に布陣していた謙信も気が気ではなかった。川中島で幾度も戦火を交えた信玄である。有能な戦略家であることは痛いほどわかっている。川中島方面から武田軍が進軍してくれば挟み撃ちに遭ってしまう。根知城のある千国街道からの進軍も考えておかなければならない。謙信は間者からの情報も逐次入手していた。

一向一揆・根知城・川中島……と、謙信の頭の中では様々な展開が駆け巡っていた。そして、ここは一旦春日山城に引き返し再度戦略を練り直すこととした。

謙信が春日山城に引き返したとの一報に、甲府の信玄は、盛信の根知城での陽動作戦が功を奏したと、我が子ながら天晴れと喜びを隠さなかった。いち早く盛信宛てに感状をしたため森城に届けさせた。

六

——季節は冬に向かい雪も降ってくる頃。雪で閉じ込められる北陸の地だ。これで謙信はしばらく動けない。憂えていた後方の敵はこれでいない。

一五七二年（元亀三年）十月、信玄は満を持して京への西上作戦に乗り出した。山動く（信玄動く）の報は瞬く間に全国へ拡散していった。各地の武将は固唾を呑んで見守っていたが、特に足利義昭は高ぶる気持ちを抑えきれずにいた。

京へは武田軍団を三手に分け進発した。重臣山縣昌景は伊那谷から、秋山信友には東美濃より計三千の兵を預け三河に侵攻させた。その後武田本隊二万二千が甲府を出立した。山縣隊は新たに指揮下に入れた奥三河の山家三方衆《やまがさんぽうしゅう》（田峯《だみね》城主、作手《つくで》・亀山城主、長篠城主）に道案内をさせて浜松方面に進軍した。そして二俣城（浜松）を攻囲していた武田本隊と合流した。二俣城を攻めあぐねていた武田軍であったが、籠城のため天竜川から水を引いていた井戸櫓を破壊して、籠城兵の戦意を喪失させ落城させた。これにより遠江国の北部は武田領となった。そして十二月には浜松城へと向かった。

徳川家康はわずか八千の兵しか動員できず、浜松城において籠城をしようと決断していた。糧食も備蓄していた。信玄の軍が二俣城から南下して浜松城に向かって進軍してくる様子を家康は固唾を呑んで見守っていた。そして、浜松城を目の前にした信玄の軍が突如向きを西に向け進軍を始めたのである。家康にすれば、浜松城を無視された形である。

何もせず信玄の軍を通過させてしまえば、信長が態勢を整えるまで武田軍を浜松に釘付けにしておくという作戦もふいになってしまう。それに、人の庭であるこの地を土足で通過させるわけにはいかない。家康にとってこれは絶対に許せないものであった。むざむざ逃がすものかとの気持ちで全軍に下知し城から撃って出た。

これが若き家康が信玄の挑発に乗った瞬間であった。

三方ヶ原を過ぎた辺りは祝田《ほうだ》坂と言われる狭い下り坂になっていた。そこまでに追いつき、三方ヶ原の上から武田軍の背後を一気に襲おうと考えた家康であった。折から到着した信長の援軍も得、意気軒高な家康が三方ヶ原に到着した瞬間、家康は目の前に展開する光景に我が目を疑った。なんと、そこには陣形を整えた武田軍が待ち構えていたのだ。まさか、そんなはずはないと思う家康であった。

しかし、一糸乱れぬ「魚鱗の陣形」を敷いているのは間違いなく武田軍であった。対する家康の軍勢は乱れに乱れ、急ぎ八構えの「鶴翼の陣形」を整えつつも陣形は体《てい》を成さなかった。

陣形が物語るように、攻める信玄、守る家康とはっきりと見て取れた。武田軍は整然と家康軍に向かっていった。戦闘が始まっても、家康軍の各陣営は随所で破られ、全滅に近づいていた。結局、何もできぬまま二時間ほどで完膚なきまでにねじ伏せられた。死傷者は武田軍二百人に対し、徳川軍は二千人だったという。

この時、死を覚悟した家康であったが、家臣の一人が無理やり家康を馬に乗せて鞭打ち、そのまま走らせたお陰で、浜松城に逃げ帰ることができた。その時に緊張のあまり途中馬上にて脱糞してしまったという。浜松城に帰還した家康は、のちにこの時の自身の姿を描写させた。この絵は、のちの合戦の際には必ず見て、慢心油断なきようにと覚悟を決めて自身を戒めていたという。

逃げ惑う徳川軍を追って、山縣・馬場両隊が浜松城に迫っていた時、命からがら帰還した家康は我に返って、

「城門を開き、かがり火を絶やすな。いいか、城門は開けたままじゃ」

と命令し、そのまま倒れ込んでしまったという。

山縣・馬場両隊が浜松城正門に到着したのはそのすぐ後であった。二人の重臣は咄嗟に異変を感じ、城内の様子を見ることにした。

信玄からはこの作戦は長期にわたるだろうから兵を大切にしろ、一兵たりとも損なうことなきようにと厳命されていた。しばらく城内の様子を窺っていた重臣二人はその後兵を引いた。

家康は武田軍の恐ろしさを思い出してはうなされ、数日間は震えが止まらず、寝付くことができなかったという。

三方ヶ原での信玄圧勝の報はすぐさま各地に伝聞された。一番身震いしたのは信長であった。次に対戦するのは間違いなく自分である。信長は、戦の一部始終を告げる

間者からの報告を重臣と共に聞いた。

信長が苛立ちながら間者に問うた。

「家康はどうなったのじゃ！」

「はっ、家康殿は命からがら浜松城に帰還し、そのまま倒れ込んだようでございます。山縣・馬場隊が浜松城正門付近を固めておりましたが、その後引き返しました」

信長両手を組みながら、

「うーむ、さすがは信玄である。無理せず引き返したか。恐ろしい武将ぞ」

それを聞いた佐久間盛政は武でならしているため異を唱えた。

「何故に？　自分であれば、この機会にと突入するものを」

それを聞いた信長が鬼の形相で佐久間を睨みつけた。

「たわけ！　わからぬのか」

佐久間には信玄の深い読みを理解できなかったのだ。ちなみに、のちに織田家から放逐された佐久間信盛もこの一族であるのは皮肉なことだ。

その場は重苦しい空気に包まれ、誰一人として口を開こうとはしなかった。

どれほどの時が流れたであろう。信長は絞り出すような声で、

「信玄は戦国一の武将であり、智将でもある。何を仕掛けてくるかわからない。この信長の命運も尽きるやもしれぬ。この一戦、覚悟を決め命懸けで正面より当たるしかないな」

織田家の重臣たちも黙って頷くしかなかった。

「各隊は出陣の用意を万全にし、すぐ応じられるようにしておけ。わかったな。すぐできるようにじゃ」

信長は厳命したのち、疲れたように肩を落とした。


信玄勝利の報は松永久秀や浅井・朝倉、本願寺の顕如たちを大いに喜ばせた。顕如は翌一五七三年（元亀四年）、正月の祝賀とともに、遠江・三河・尾張・美濃四か国の門下たちもその働きを成すであろう――と。つまり一向一揆の蜂起を促している。

再び信長は長島の一揆に苦しむこととなる。

七

三方ヶ原で勝利した信玄は刑部《おさかべ》（浜松市細江町）付近で越年した。

しかしこの時、病魔が信玄の身に再び襲いかかっていた。

一五七三年（元亀四年）の正月明け、武田軍は三万の兵で野田城（愛知県新城《しんしろ》市）を囲んでいた。少数の野田城城兵であったがよく守っていた。しかしながら二月十日、この城をも陥落させた。

しかし二月十六日、長篠城に引き返した武田軍の動きがそのまま止まった。

実は、信玄の体調が思わしくなく、治療療養のためであった。

そして三月に入ると踵を返し信濃への撤退を始めたのだった。

途中、信濃駒場（長野県下伊那郡阿智村駒場）の寺で臥せっていた信玄は既に死を覚悟していた。

「戦国の世に生を受け、我が人生もいろいろとあった。父を追放した。嫡男義信の命も奪った。そして大切な家臣など多くの命も失くしてしまった。謙信とも戦った。……余の命も終わりのようじゃのう」

山縣が脇で信玄を勇気づける。

「お屋形様、お気を強くなされませ。春間近でございます。暖かくなればお体も回復に向かいます。さすれば京が見えまする」

「うむ、そうだな。御宿《みしゅく》、しばらく休む」

信玄は寝息を立てて寝た。御宿監物と山縣は脇で控えていた。


その夜のことである。

「山縣、山縣、ちこう寄れ」

うつらうつらとしていた山縣であったが、

「はっ、如何なされました」

信玄は最期の力を振り絞って言う。

「山縣、見えてきたぞ、見えてきたぞ。あそこじゃ、京への入り口じゃ」

「山縣、瀬田（滋賀県大津市の瀬田の唐橋）に旗を立てよ。我が武田軍、風林火山の旗を立てよー！」

信玄は叫ぶと、がくっとすべての力がぬけた。

御宿監物はただ静かに首を横に振った。

——ここに巨星が堕ちた。

戦国最強の武将、武田軍団を率いた信玄が息を引き取った瞬間である。享年五十三。まさに波乱万丈の人生であった。

山縣は控えていた近臣に口止めをした。小者はその場で斬って捨てた。情報漏洩が一番怖い。一切漏らさぬ覚悟を示したのだった。

その後、甲府への帰路、信玄弟の信廉を影武者として立て帰還した。その骨相が信玄に生き写しかというほど似ていた信廉である。戦国武将たちの間者が網を張り巡らせていたが、しばらくの間は信玄の死を隠すことができた。

しかしながら突然の甲府への帰還である。疑いが浮上し、隠しきれなくなり、あっという間に信玄死すの報が全国に流布した。

上杉謙信はその報に接し、「惜しい人物を亡くした」として、一晩かけて毘沙門天に信玄の弔いをしたという。

一方、織田信長は、報を受けても信用せず、第二、第三の報を待っていた。間違いないと確信した時、小姓の森蘭丸に、

「蘭丸、わしの死期が延び、死に場所も変わったわ。らしからぬと思うじゃろうが、わしが一番ほっとしておるわ」

と呟くと同時に、「西へ兵を進める」と宣言。進軍を始めたのであった。

一方、将軍足利義昭は地団太を踏んで悔しがった。

国内情勢が一気に変化した時期だった。

八

信玄は存命中、武田家跡継ぎは四郎勝頼の嫡子太郎信勝とし、勝頼は陣代（後見）として信勝成人までの間支えること、と遺していた。

また信玄死す時には、喪を三年間秘せとの遺言もあった。その間に武田軍の再編成と、領民の人心を落ち着かせることとしていた。さらには信玄が生きていることを示すために、信玄の花押をしたためた書状を数百枚用意してあったという。

しかし、四郎勝頼は父信玄の本意を理解せず、近隣諸国への出陣を繰り返していた。それはあたかも父信玄を超えようとする焦りにも見えた。ただ、信玄の有能な遺臣たちは存命であり、信玄が攻略できなかった高天神城（静岡県掛川市）を奪取するなど、その版図をさらに拡大していた。

一五七五年（天正三年）、この年勝頼は三河へ侵攻して長篠城を取り囲んでいた。

出陣の兵数は一万五千。一方、その様子を彼方から窺っていた織田・徳川連合軍の兵数は三万五千。兵の数には差があったが、織田信長は四郎勝頼の実力を認めていた。決して侮れない人物であると評価していたのだった。それは、信玄亡き後も勝頼は確実に武田家の領土を拡大していたからだ。連合軍は慎重であった。

一方、勝頼は強気の姿勢であった。

勝頼が長篠城近郊の寺に家臣を招集し、軍議を始めた。

「織田・徳川連合軍が出張ってきている。この機会、如何にすべきか？」

山縣がじっくり考えてから答えた。

「兵力でいえば敵は三万余、こちらは一万五千。差がありすぎます。その名が知れた武田軍といえども、倍以上の兵の差で正面より戦うのは危険すぎます」

馬場・内藤・真田といった信玄時代からの重臣たちが同調した。そして山縣は続けた。

「また、長篠城未だ陥落しておりません。腹背から敵に攻められる不利が考えられます。ここは一旦兵を引き、様子を窺ってみては如何でしょう」

勝頼は苦虫を噛み潰した様子であった。

勝頼の顔を見た近習の跡部勝資《あとべかつすけ》が進言した。

「織田・徳川といった敵の大将が二人もいます。これは願ったりかなったりではありますまいか。三方ヶ原での武田軍大勝利の際に逃げ回った弱い大将もおりまする。武運は我がほうにありましょうぞ。勢いのあるお味方の勝利は間違いございません」

勝頼の顔に生気が蘇った。勝頼は内心焦っていた。父信玄亡き後、我武者羅に領土拡大に邁進してきたのも、父を超えたいとの気持ちからだった。

――ここで一気に連合軍に勝利すれば、重臣たちも自分に一目置き、新たな武田軍が自分を中心に確立できる。

勝頼は決断した。おもむろに正面を向き、正座し口を開いた。

「御旗楯無《みはたたてなし》御照覧あれ！　これより織田・徳川連合軍を駆逐す。人の道に外れた不逞な輩を撃滅さす」

甲斐武田家の棟梁が重大な決定をする時に用いる、家宝の御旗・楯無に誓ったことにより、誰も反対ができなかった。たとえ親、兄弟、親族であっても逆らうことはできなかったのだ。

「御旗」は河内源氏の二代目である源頼義が後冷泉天皇より下賜され、その息子義光（新羅三郎）に相伝されたもので、これが義光の子孫である甲斐源氏の家宝となったと伝えられる日の丸の旗である。

「楯無」も、源義光から甲斐源氏惣領武田家に相伝されてきた源氏八領の鎧（源氏宗家に代々伝えられてきた八領の鎧）の一つであり、盾もいらないほどに丈夫であるというのが名の由来と伝わる。

「御旗楯無御照覧あれ」は、「二つの誉に恥じぬ行いをお誓い申し上げますゆえ、甲斐源氏の守り神となられたご先祖様、天から一門の戦いをご覧くだされ」との意味がある。

軍議に参加していた一同、全員その場に平伏した。

決戦前夜、山縣・馬場・内藤・真田といった面々が水盃を交わしていた。

山縣が飲み干した盃を置いて、

「わしらもいい歳になった。思えば若い頃より信玄公にお仕えし、大きな夢を見させてもらった。幸せじゃった」

馬場・内藤・真田も大きく頷いた。

山縣は覚悟を決めて、

「明日は信玄公の家臣の名に恥じぬ戦いをしようぞ。そして散り際を汚さぬよう、前に向いて死のうぞ」


翌日、長篠の合戦（設楽原《したらがはら》の戦）がついに始まった。武田軍自慢の騎馬隊が突進する。勢いもあり敵を圧倒するかのように勝頼の目には映っていた。

しかし、次の瞬間であった。馬の嘶きが聞こえると同時に、馬が次々と倒れていくではないか。勝頼は床几を倒しながら、

「どうした！　何があった！」

物見の兵が状況を確認して急ぎ帰ってきた。

「勝頼様！　敵方は馬防柵より鉄砲を次々撃ち放ち、我が軍の馬に命中している模様

です」

——おかしいではないか。鉄砲の玉を込めるには時間が必要だ。何故……。

勝頼は不思議に思った。物見の兵が報告を続けた。

「敵は二重三重の鉄砲隊が配置されており、ひっきりなしに鉄砲を発射できる構えを敷いております」

勝頼は唸った。

その間にも次々と馬が倒れていく。各隊の武将は馬から降りて、走りながら馬防柵を越えようとしたが、次々と鉄砲が発射され、武将たちも倒れ始めた。

それを見た勝頼が決断、総退却を命じた。


合戦は圧倒的に劣勢のまま大敗北を喫した。武田軍は武田二十四将と恐れられた信玄時代の家臣の大半を失ってしまったのである。

その一人、馬場信春は勝頼が退却したのを見届けたのち、殿《しんがり》として敵陣に立ち向かっていった。怒涛のような勢いで敵陣に乗り込んでいくも、数人の武者に囲まれ、最期は激烈な死を迎えた。そして、山縣昌景・内藤昌秀・真田信綱・真田昌輝・甘利信康・原昌胤等々名だたる武将が散っていった。武田方の死者数は一万余を数えていた。

戦後、信長は今回の勝利は天晴れであるとほくそ笑んだ。しかしながら、武田家家臣団が全滅したわけではない。二十四将の大半は倒したが、まだ有能な家臣は生存していた。信長は油断することなきようにと各方面に書状を発した。

一方、這這《ほうほう》の体《てい》で逃げ帰った勝頼であったが、川中島海津城城代の高坂弾正が、敗軍の大将であっても堂々と帰還してもらいたいと煌びやかな衣装を用意し、勝頼堂々と甲府に帰還したと伝えられている。甲府の領民はその姿を見て安心したとのことである。

長篠の合戦の勝敗が決したことで、敗戦処理や軍再編と重要な案件が勝頼にはのしかかっていた。

その戦後処理の一環で、高坂弾正から五項目にわたる献策があった。中には驚くような内容もあった。穴山信君と武田信豊の両名を処罰するというものである。両名とも武田一門衆の筆頭格である。高坂弾正は、戦いの内容をつぶさに報告を受けていた。両名は、積極的に撃って出ずに自身の軍勢を守ることに専念していたとのことである。一門衆といえども、ここは厳しく罰しないと規律が守れないと判断したのだろう。この戦いでは高坂弾正自身も子息を亡くしている。それも献策の理由でもあったろうか。

しかしながら、勝頼に両名を処罰するだけの力は失われていた。両名を処罰すれば信頼できる一門衆は盛信ただ一人になってしまう。勝頼にはそれが怖かったのだ。

一方の織田・徳川連合軍、中でも信長は甲斐の強力な重しが外れ、さらに西へ向かって天下布武に向け驀進しだしたのであった。

盛信はこの間、対上杉対策として国境の警戒に余念がなかった。長篠での敗戦を知った盛信は、甲府の勝頼に書状を出した。

「兄上、此度の大戦、心中お察し申し上げます。

しかしながら、父信玄にも二度の敗戦がございました。二度とも村上義清勢でしたが、その後時間をかけつつ、しっかりと勝利し挽回しております。戦は時の運、鉄砲隊も雨であれば役には立ちませんでした。捲土重来を期しましょうぞ。なお、謙信は現在越中の仕置きで動けず、千国街道は平穏です。兄上、また何なりとお申し付けください。」

文《ふみ》を受け取った勝頼はうれしかった。ほんの一時ではあったが、諸事から解放された気分になっていた。

一五七六年（天正四年）、信玄の葬儀が甲斐恵林寺にて盛大に行われた。導師は恵林寺住職の快川和尚であった。近隣諸国からも多数の参列者があり、十九歳になった盛信も位牌の前で父信玄の死を悼み、武田家の武運長久を願った。

その時、盛信は思い起こしていた。

――父上に文武両道に励むようきつく言われ、実践した日々。また父上はあの頃、四方八方の敵に向かいつつも、その知略と有能な家臣団を統率することで、確実に目標を達成していた。父上は何事もなかったかの如く自分に接してくれていたが、おそらくその胸中では悩み苦しんでいたに違いない。自分もしっかりと兄上を支えなければ。

盛信は気持ちを新たにした。

その翌日のことであった。一連の葬儀の合間を縫って、盛信は勝頼に会いに行った。兄勝頼の傍らには成長した武王丸の姿もあった。

盛信は一通り勝頼に労いの言葉をかけた後、勝頼に向かって優しく言った。

「兄上、心労お察しします。この上は盛信、武田家武運長久を図るためにも兄上を強力にお支えいたします。父信玄の霊前で改めてお誓いしました。何なりとお申し付けくださいませ」

勝頼は俯き加減に、

「叔父の信繁、兄義信、そして父信玄。また長篠では多くの宿老たちも失った。しかしわしは負けることはできない。新たな武田家の進発に、はる、この兄を支えてくれ」

勝頼と盛信は力強く手を握り合った。

別れ際、盛信は武王丸のほうを見ながら言った。

「武王丸様、お健やかに成長なされておりますこと、まことにめでたきことと存じまする。武王丸様は九歳になられましたか。何よりでございます」

九歳といえば、盛信はよのとの生活を送っていた頃だなと、ふと思い出していた。

武王丸ははっきりとした声でそれに答えた。

「盛信叔父上、父上より、その目まぐるしいお働きはよく聞いております。父上が『一番信頼しているのは、はるである』といつも言っております。一度、叔父上に稽古をつけてもらいたいです」

盛信は笑顔で答えた。

「武王丸様、有難きお言葉、幸せにございます。必ず稽古をいたしましょうぞ」

勝頼は二人の会話をうれしそうに聞いていた。

その後、盛信は甲府に長居はせず、森城へと戻っていった。そして越後国境の警備を一層厳しくしたのだった。

喪主を務めた勝頼であるが、気持ちの緩む間もなかった。長篠の合戦後の軍の再編を実施し心機一転を図った。その間にも徳川軍の駿河出兵があり、鎮圧出陣が幾度かあって戦はやむことがなかった。

北の動きも激しく、一五七六年（天正四年）から翌年にかけて、上杉謙信は能登七尾城を攻略し、加賀国の手取川の戦いでも織田軍に大勝するといったように、状況は目まぐるしく変化していた。

上杉軍の動きが能登・加賀に向いているその頃、盛信配下の地侍、等々力氏が越後国境の物見にて、越後糸魚川の根知城・不動山城の内部情報を入手していた。謙信不在の越後衆にはやはり隙があったのであろう。この時、大きな働きをしたのがさぶであった。城の造り、内部の部屋割り、足軽の総数等々を入手して等々力氏に報告していた。この時の根知城城主は村上国清。あの信玄を二度も破った村上義清の子息であった。

謙信の間者の反撃を受けることもなく等々力氏は森城に帰還した。そしてすぐに盛信に報告をした等々力氏は殊更褒められた。また間者として情報収集に尽力したさぶも褒め称えた。さぶを家臣の目の前で褒めることはできなかったが、障子の向こうにいるさぶの喜ぶ顔は盛信にも想像できた。

九

一五七八年（天正六年）三月、信玄の生涯の好敵手であった上杉謙信がこの世を去った。享年四十九。脳卒中であったと伝わる。日本の戦国史が好きな者を壮大な夢とロマンに導いてくれた信玄・謙信の両雄は亡くなり、一つの時代が終焉を迎えた。

上杉家では、謙信が急死したこともあり、喪も明けぬ間に家督相続で紛糾しだした。所謂「御館《おたて》の乱」である。

謙信には実子はおらず、養子である景勝（長尾政景の実子）と景虎（北条氏康の実子）の間で家督争いが始まったのである。当初は春日山城本丸と金蔵を占拠した景勝が有利と考えられた。

その頃、甲府の躑躅ヶ崎館では、勝頼と信豊が談合中であった。信豊の父は信玄弟の信繁であり、勝頼とはいとこの間柄である。

今や信豊は武田一門の中において御親類衆の筆頭格であった。

勝頼が問うた。

「信豊、この一件どう見るか」

信豊はしばし考えたのち、

「当家と北条は同盟関係にあります。しかしながら、今は推移を見守りつつ、出陣できる態勢を敷いておかれては」

「そうじゃな。景虎殿が勝利し、万事治められるのがよいか……」

勝頼はしばらく考え込んでいた。武田家の間者からは上杉家の状況は逐次入っていた。そのすべてが景勝優勢との報であった。渋面の勝頼であった。

その後、景虎が春日山城下の御館に立て籠もったとの報が入った。

その景虎から密使が届いた。その内容は、甲相同盟に基づいた加勢の依頼であった。北条氏とは密に文を交わしていた勝頼である。景虎からの依頼に対し、景虎と北条氏政宛ての書状には出陣する旨を伝えた。

勝頼は、信豊を先方として川中島海津城に向かわせた。海津城城代は高坂弾正である。長篠の合戦後に甲府に帰還する勝頼に対し煌びやかな装束を提供したあの人物である。高坂弾正は元々は百姓の倅である。信玄に見込まれ小姓として仕え、その後頭角を現して、今では立派な海津城城代である。

そんな折であった。景勝からの密書が武田家に届いたのだ。それも短期間に何通もである。

当初、信豊は無視していた。そんな密書を見たことが北条方に漏れれば、疑われる危険性もあった。しかしながら余りの数でもあり内容を確認した。

状況不利と見た景勝が、東上野の割譲と黄金の贈与を条件として和議を申し入れてきたのだった。密書の内容はすぐに勝頼に報告された。勝頼はしかし、「ここに来て景勝窮してしまったか」と言下に文を破り捨てた。勝頼は海津城の後方の城からその戦況を見守っていた。

上杉家の跡目争いは、御館を占拠した景虎が盛り返していた。

対する景勝は、越後の武将たちに幾度にもわたる調略の文を発し、景虎への包囲網を敷いた。景虎救援に向かっていた北条軍は上越国境より越後に侵入し、国境沿いの景勝陣営の城を攻め落とし、ほとんどが景虎側に従った。そんな中、北条氏政本隊は、鬼怒川での佐竹氏・宇都宮氏との睨み合いで越後への出陣は遅れていた。佐竹氏との間が落ち着きを見せ始めた頃、越後に向け出陣した。しかし時は十月、雪を心配した氏政は上州に滞陣して越後には向かわなかった。彼のこの行動が景虎を窮地に陥れることとなる。

この時、勝頼は思った。

――なぜ氏政は向かわぬのか？　雪に閉ざされるといっても、まだ十月ぞ。この機会を逃してしまうとは……不可解だ。

戦況は明らかに景勝優勢となった。

海津城に入った勝頼は即座に問うた。

「信豊、形勢は如何に」

信豊がすかさず答えた。

「勝頼様、景勝が有利です。景虎殿は四面楚歌の有様です」

勝頼は腕を組むとしばし考え込んだ。

――氏政は兵を引いた。しかし我が武田軍のみで景虎殿に加勢し出陣する大義はこれでなくなった。いずれにしろ、氏政殿の行動は不可解ぞ……。

ここで高坂弾正が献策した。

「殿、以前からの景勝よりの密書、その後も矢のように届いております」

勝頼は初めて密書に関心を示した。

「で、内容は？」

高坂弾正はすべての密書を広げつつ報告した。

「和議の条件も増しており、武田家にとっても損はないと考えます」

長篠の合戦以後、武田家も財政的には厳しさが増していた。しかしながら、領民より徴収する税を増やすことは勝頼は一度もしなかった。

勝頼は密書を見つつ、「熟慮する」と一言言って人払いをし、信豊と二人きりになった。

勝頼が信豊に問う。

「どうするかのう」

信豊が逆に問うた。

「勝頼様のお考えは？」

「軍を進めるも引くも北条には理由は示せる。戦況を見れば、景勝が勝利するのはもはや時間の問題と考える」

信豊は膝を打った。

「であれば、景勝との交渉を有利に運ばせることですかな」

勝頼が景虎から景勝に違えた瞬間であった。

「北条に疑われる余地のない形で進めることが肝要ぞ。ただ、今しばらくは静観するとするか」

勝頼にとって武田領地が脅かされるわけではない。慎重にしばらくは静観を決め込んだ。信豊は頷き、「委細承知」と答えた。

勝頼はこの時点で景勝につくと内心決めていた。但し、北条との同盟関係を崩すことなきようにとも考えていた。

勝頼は、上杉・北条との関係で、武田が主導権を握ろうと思った。

そんな折、思いもよらぬ者からの書状が届いた。

「越後国境の仕置きを如何いたしましょう　盛信」

勝頼の一番信頼する弟、はるからの書状であった。現在武田本隊は海津城にいた。千国街道に不穏な動きがあれば、いつでも後詰に出ていける。

勝頼は盛信に書状をしたためた。

「上杉家内は相続でごたごたしている。上杉家武将も疑心暗鬼になっており、浮き足立っているに違いない。

少々仕掛けてみるのも面白い。やってみるがよい。」

勝頼はこの若き弟に大いなる期待を抱いていた。書状を間者に渡し、文はその日のうちに森城の盛信の手に届いた。

盛信は一読し、その夜、早速近習たちを招集し談合した。

当面の敵は根知城。城主は村上国清から赤見小六郎に代わっていた。

この城、盛信は力攻めで降伏させることはしなかった。
盛信は赤見宛てに書状をしたためた。内容は次の通りである。
「一つ　上杉家は相続内乱のため統制が取れていない。敵味方の区別さえできていない
二つ　景虎・景勝いずれが上杉家の当主になったところで、今後お家が安泰かはわからない
三つ　この上は武田家に忠誠を誓うことでお家の安泰を図るべきである。それが根知城城主たる赤見殿の取るべき道ではなかろうか
四つ　運が良いことに勝頼様が川中島海津城におられる。海津城は根知城からも近い。申し入れを今お聞き届けいただければ、早速に勝頼様にご報告し、お家の安泰を取り成す所存である」
書状は矢文にて根知城城内に放たれた。
城内の兵がその矢文に気づき、城主のもとに届けられた。
根知城城内にて侃々諤々の話し合いがなされたようである。返書が届くのに七日の

日を費やした。その返書には簡潔な一言があった。

「今後は武田家に忠誠を誓います。質として嫡男を甲府に向かわせます」

盛信は早速、勝頼のもとへ経過を記した書状を送った。

勝頼は内容を一読し、「さすがは我が弟、無血開城は最高の戦い方だ」と心の中で叫んでいた。

勝頼はその夜、盛信宛てと赤見宛てに書状をしたためた。盛信宛てには感状と今後の仕置きの件を。赤見氏宛てには無血開城の決断を褒め、質の受け渡しなどは盛信に任せる旨を伝えた。

盛信の戦国の世への初見参であった。盛信の成果はさらに続く。現在の糸魚川市の海岸沿いの筒石城までも無血攻略した。

この結果、越後と越中を結ぶ要衝、北陸街道は武田の手に渡ったのである。盛信による目覚ましい成果であった。

そして、景勝・景虎の和睦が勝頼主導で結ばれた。あくまでも一時の休戦協定であり、武田の北条への盟約の証でもあった。

その折、盛信が海津城に入った。盛信にとっては凱旋である。それを知った川中島の領民たちは武田家の血を引く若き武将を祝福し、こぞってお祝いをした。

勝頼は海津城城門で出迎えた。盛信には赤見家の嫡男も同道していた。勝頼は弟を労った。戦中とはいえ祝いの酒も振る舞った。勝頼には盛信の成長がうれしく、喜びを隠しきれなかった。

「はる、今回の働きまことに立派である。よく筒石城まで奪取してくれた。兄として礼を申す」

この時点で勝頼は版図を拡大し、それは父信玄を超えていた。うれしさもひとしおであった。

盛信が兄に戦略の一端を披露した。

「父上に厳しく教えられた孫子の兵法が戦略の要と思っておりました。如何に兵を損なわず、如何に戦わずして武田家についてくれるかと思案しておりました」

勝頼が盛信の目をじっと見ながら言った。

「これからも武田家の支柱として存分な働きを頼むぞ。今般、木曽では不穏な動きがあるようじゃ。また、北条との関係も不透明になりつつある。織田・徳川の動きも警戒せねばだ」

「兄上のお気持ちお察しいたします。厳しさは覚悟の上、愚弟ではありますがお任せください。さあ、今宵は語り合いましょうぞ」

二人の昔話談義は東の空が明るくなるまで続いた。


その後、勝頼は本格的に景勝との交渉に入ることとなった。

その頃のことである。一五七九年（天正七年）三月、一時休戦もあった景虎であるが、戦局を覆され、再度有利に進めることもできず、御館を攻め滅ぼされてしまう。景虎は御館から脱出して関東を目指す道中、鮫ヶ尾城で景勝からの追撃に遭い、二十四日に自害し果ててしまった。

あまりにも呆気ない幕切れであった。


盛信が奪取した根知城・筒石城については、景勝が武田との交渉が始まっている旨の連絡をして現状維持。つまり武田家への忠誠を認めた形となった。

一方、北条であるが、勝頼は細心の注意を払ってはいたが、景勝との交渉等々情報が洩れ、北条氏政も激怒。自死した景虎は氏政の弟である。勝頼としても、いずれわかることと腹をくってはいたが、翌年甲相同盟は破棄されることとなる。

その後、勝頼と景勝との間には新たに甲越同盟が締結される。

盛信は、御館の乱以降も兄勝頼と緊密に連携を取りながら、同時並行で行動を起こしていた。

一五七八年（天正六年）には、信濃小谷村の山田若狭守から、盛信宛てに詫び状が届き、武田家服属を申し入れてきた。当時、同族の中土山田氏は信玄存命中に本領安堵されていたのだが、そこは戦国の世。まして信玄・謙信両雄時代の境界地域の地侍である。お家の安泰を図るためには、心底考えに考え抜いて、両天秤にかけて両方に良い顔をするのも知恵であった。

この一件もあり、甲越和議の後、盛信の安曇郡地区（現在の安曇市以北越後境まで）

の支配は大きく進展した。

また、翌一五七九年、飛騨国の江馬氏の家臣、江馬氏四天王の筆頭河上氏が武田氏に属することとなった。河上氏は謙信存命の頃、織田氏との連携を図るために両雄の間を取り持つ役割を担っていた。甲越和議が相整った今、上杉に属する必要もなくなったと判断したのであろう。国境を接する武田氏に服属するのが肝要と判断したものである。

盛信の目には飛騨国、さらには越中国も視野に入ってきていた。

一五八〇年（天正八年）、盛信による安曇郡の統治が明確になってきていた。越後国境の根知城・不動山城の内偵で功を挙げていた等々力氏は、この時、不動山城に在城していた。馬市の件では、盛信名で出された命令書が直接等々力氏に下されている。勝頼名でなくだ。

この頃、勝頼から盛信宛てに書状が届いた。

「御館の乱以降、はるの働きは一層目覚ましいものがある。兄としてうれしく思う。

長篠の合戦で馬場信春が戦死して以降、深志城には城代が不在である。今回はるにに深志城に入ってもらいたい。越後口、飛騨口の警戒を頼みたい。」

盛信は返書をしたためた。

「今回の兄上のご下令、はるは大変うれしく存じます。

深志城に入ること確かに承りました。

不在となる森城の仕置きをした後、早々に入城します。」

盛信の胸には熱き感情が沸き上がっていた。

その夜、妻のしのに兄勝頼から依頼された話をした。

「殿、おめでとうございます。深志城といえば、千国街道・木曾路の要衝でございます。そこに殿が行かれること。妻としてうれしゅうございます。ただ、殿と離れるのはつろうございます」

ただ、しのは、祖父の盛康の健康状態が心配であった。日に日に衰えていく姿がしのにはいたわしかった。祖父もあの歳になって住まいを変えることは体にさわる。祖父の面倒を見るために、しのは森城に残らなければと思った。

盛信はしのの申し出を了解した。森城と深志《ふかし》城（松本城）は当時でも一日もあれば十分行ける距離であった。

それから数週間後、盛康は静かに息を引き取った。老衰である。その顔は優しく穏やかで満足気であった。一連の葬儀を終えたしのは、初七日、四十九日を経たのちに深志城に入った。

十

この頃から武田家を取り巻く状況は益々厳しくなりつつあった。家中には不穏な動きも芽生えつつあった。

一五八〇年（天正八年）十月、高天神城が徳川勢に包囲される。高天神城は小規模ながらも堅固な山城であり、遠江支配の要衝であった。過去信玄が攻めたこともあったが攻略できなかった山城である。信玄亡き後、勝頼が一五七四年（天正二年）に攻め立て、武田方が勝利した城である。父信玄でさえ攻略できなかった城を奪取したことにより、勝頼の名声は天下に鳴り響いた。

長篠の合戦の前年のことで、織田・徳川方は勝頼が強敵であると認識した戦いでもあった。武田二十四将と言われた歴戦の武将山縣昌景・馬場信春ら宿老をも唸らせた戦であった。

あれから六年、武田家を取り巻く状況も大きく変化していた。歴戦の宿老はその大半を失い、東に北条、西に織田・徳川と三大勢力を前にして戦う必要があった。いつ各方面より攻め込まれるかわからない。諸々あったが、結局、勝頼は高天神城に援軍を送らなかった。救援することができなかったのである。

実はこの頃、織田との間に和議（甲江和与《こうごうわよ》）を締結しようと画策していたふしがある。武田家中で和議推進派の信豊らが、高天神城後詰に出陣するのは得策ではない。織田・徳川は殊の外同盟関係が密である。ここで後詰に出陣するのは、織田の心証を悪くするは必至と唱えていた。勝頼は決断できぬまま、いたずらに時が流れた。

一五八一年（天正九年）三月、高天神城はついに落城し、在城衆のほとんどが討死にした。ここに高天神城は再び徳川の手に戻ったのである。しかしながら、この一件は単に一城の落城では済まなかった。こののち、武田家中では臣下の裏切りが徐々に表面化することになるのである。

盛信は高天神城落城後に、勝頼より高遠城へ入るようにと命じられる。深志城入城よりわずか一年、一五八一年のことであった。これは緊迫している武田家の内情を示すものである。

「此度の高天神城の件では、わしの力のなさを露呈してしまった。思えば局面局面で最善策をとやってはきたが、長期的な展望を見据えることができずにいた。

今の武田家中では、重しとなるべき一門衆筆頭の穴山・信豊がお互い疑心暗鬼になっており、意見の食い違いが甚だしい。口惜しいが、今の武田家は一枚岩ではない。

今回の甲江和与についても、織田方に完全に足元を見られたようである。結果的には何もできず、高天神城をみすみす奪取されてしまった。

この一件により、織田・徳川は各地にわしの無能ぶりを触れ回っていると聞く。逃げ回っている大将とな。

しかしながら、このまま終わるわけにはいかぬ。今一度陣立てをし、武田軍ここにありと号令をかけたい。

はる、そちは今回高遠の城に行ってくれ。あの城は大切な防衛拠点である。

また叔父上の信廉殿には大嶋城に入ってもらう。」

勝頼の書状にはこう綴られていた。そして続く。

「高遠の城は、わしが諏訪の家督を継承し、同時に伊那郡代になって入城した城ぞ。はるがまだ五歳の頃の話じゃ。その時わしは諏訪四郎勝頼であった。兄義信も健在であった。その後今川様が討たれ、種々ありながら兄も亡くなった。

そしてわしはその後、武田四郎勝頼として、父上の跡を継ぐべく必死にやってきた。父信玄の勢いを引き継ぐべく領地を広げることに邁進してきた。

はるよ、わしはまだまだ負けん。力を貸してくれ。」

盛信は返書をしたためた。兄が弱音を吐けるのは自分を信頼しているからこそ、と喜びを感じながら。

「委細承知。
兄上、くれぐれも軽挙妄動に走ることなきよう。
武田軍ここにあり、と号令をかけましょうぞ。
心配召さるな。盛信が森城で鍛えた心身はこの時のためにこそありまする。」
さぶに文を渡し、同時に口上をも伝えた。
盛信は三月に高遠城に入城した。

長篠の合戦以来宿老のほとんどがいなくなり、二十四将と言われた武将の次世代が中心となって、勝頼の領国運営がなされていた。よく言えば若い世代中心で勢いはあるが、一方で経験不足のため、視野を広く持ち、また熟慮する思考はなかった。根拠なく感情のままに突き進む傾向にあった。武田家領国の運営もそうした事情で、若い世代を各城に配置せざるを得なかったのだ。残念ながら、人材の育成も十分とは言えなかった。少なくとも経験値が少なすぎた。

同時に勝頼は周辺国の状況などを鑑み、在城している平城の躑躅ヶ崎館では心もとないと考えた。万が一敵襲を受ければ、平城では戦えないと考えたのである。父信玄の頃より一度も甲斐国に敵が足を踏み入れることはなかったが、勝頼のこの考え自体が武田の置かれた今の厳しい状況を物語っていた。勝頼は、堅固な城を築くことにし、築城を急いだ。突貫工事の成果もあり、新府城（山梨県韮崎《にらさき》市）がこの年一五八一年に落成した。しかし落成はしたものの、およそ十分とは言えない城であった。堀や曲輪も不十分であり、ただ入城できるだけの城であった。甲府にいる家臣の住まいも人質もほとんどがそのままであり、新府城に入城した人質はわずかばかりであった。

結果的にこの城が武田家にとっては最後の城となる。

勝頼は早速入城し、新たな本拠とした。

丁度その頃である。一門の名家、穴山梅雪（信君）の嫡男勝千代と勝頼息女との縁談が破談になってしまった。穴山家は甲斐武田家の分流で、穴山武田家でもあり、一門衆の筆頭格でもあった。歴代、武田家と穴山家はその絆を深めるためにも、両家の婚儀が折節行われていた。穴山家当主穴山梅雪の正室も勝頼の姉（異母姉、見性院）であり、今回いとこ同士の婚儀の予定であった。

実は穴山家婚儀申し入れの後に、武田信豊の子息との婚儀の申し入れもあった。信豊が嫡男次郎の婚儀成立のため、勝頼側近の跡部勝資、長坂釣閑斎《ながさかちょうかんさい》に再三再四、盛んに贈り物をして工作していたのだ。両家からの申し入れに対して、家中の談合の席で諮ったところ、信豊嫡男への輿入れが良いとの結論に達していた。信豊にしては、しめたと喜びを隠さなかった。一方の姉である穴山梅雪室は激怒し、弟勝頼にさんざんな態で怒りをぶつけたと言われている。この件、のちに穴山梅雪が勝頼を裏切る一つの大きな理由ともなった。

十一

そして一五八二年（天正十年）、運命の年が明けた。正月の風情が落ち着く頃、一月二十七日、木曾義昌謀反の報が新府城に届いた。木曾義昌の正室は信玄と油川夫人の間に生まれた息女（真龍院）であった。

勝頼はその一報に我が耳を疑ったが、二月二日、木曾討伐のために信勝、信豊らと共に諏訪上原（茅野市上原）に出陣した。その数一万五千。

翌二月三日、信長が武田との最終決戦を決意し各方面に下知した。

駿河口は徳川家康、飛騨口は金森長近、そして信長本隊と息子信忠は信濃伊那口から武田領に迫った。またこの頃、織田と同盟関係を結んでいた関東の覇者北条氏にも、関東口からの攻略を依頼していた。

岐阜城にいた信忠は二月十二日に出陣した。その二日後の十四日、伊那郡の松尾城主小笠原信嶺が織田方に寝返る。この小笠原信嶺の妻は武田信廉の息女であり、武田家とは縁が深かった。この一件が下伊那地域の武田方に深刻な動揺をもたらした。同日飯田城が自落。飯田城に在城していた保科正直らは城を捨て高遠城へ逃亡した。武田方の守備兵は烏合の衆であり、城内統制ができていない状態で信忠軍の侵攻を知り、さらには松尾城が寝返った報にも接し自落した。

二月十五日、織田軍の先鋒森長可が松岡城を攻略すべく入城するも、既に城には敗残兵が残るのみ。城主以下、皆逃亡した後だった。

同十七日、大嶋城自落。

この大嶋城（下伊那郡松川町）は伊那谷南部の拠点、武田方にとっては要の城であり、城兵一千で籠城していた。水や米など兵糧も潤沢にあり、信忠軍を迎え撃ち戦っている間に武田本隊の後詰を待つ戦略であった。城内には信廉の姿もあり意気揚々としていた。しかしながら、飯田城・松岡城がほぼ無抵抗のまま陥落したことで、城内に大きな動揺が走った。

そして、何ということか、援軍として在城していた信廉が夜陰に乗じて甲府に逃げ帰ったのである。この一件で城内は一気に意気消沈してしまった。

その直前、撤退しようとしていた信廉をしきりに引き留める人物がいた。

「武田信玄公の弟君である信廉様、ここは乾坤一擲、信忠軍との一戦を、一戦を！」

しかしながら信廉は、その声に応じず城を出てしまったのだった。

信廉は、盛信にとっては叔父であり二度目の妻よのの父であるが、織田信忠の勢いに圧倒されたか、甲府に撤退してしまったのである。

一方、その甲府でも大事件が勃発していた。

二月二十五日、穴山梅雪が、甲府に人質になっていた妻や嫡男勝千代らを奪還した。ついに梅雪が武田に反旗を翻したのだ。

実はこの穴山梅雪、山縣昌景亡き後、駿河江尻《えじり》城代として在城していた。その頃より徳川の誘いを幾度も受けていたようだ。長篠以来武田の勢いはなくなりつつあり、梅雪自身も将来が描きづらくなっていたのだ。武田家家中の評議においても、若い世代の勝頼側近が幅を利かせ、信玄公以来の重臣たちの意見はほとんど通らなくなっていた。穴山家の将来に不安を抱き始めていた梅雪であった。最終的には息子と勝頼息女との婚儀が不成立になったことが彼をして決断させたのだった。

勝頼は同二十七日、穴山梅雪謀反の報を受けた。勝頼は一瞬我が耳を疑ったが、甲府が危ないとみた勝頼は翌日、諏訪上原から新府城に取って返した。木曾・穴山という武田家の一門衆の離反である。この離反により、木曾方面と駿河方面で敵と正面からぶつかることも予期された。勝頼も相当のショックであったのは明らかである。

勝頼はこの戦況では、武田家が生き残るためには織田軍との直接対決しかないと心に決めていた。

勝頼から盛信に早馬で急使が差し向けられ、口上が述べられた。

「此度、木曾・穴山の離反が判明した。この上は織田軍との生きるか死ぬかの大一番と考え、一旦兵を甲斐に戻す。再軍備を整えたのち、武田家総力戦で挑む。高遠城の後詰には赴けないと思う。はるよ、何とか一時でも長く信忠軍の攻勢を凌いでくれ。そしてはる、今までこの勝頼を支えてくれたこと改めて礼を申す。死ぬなよ、はる」

盛信も覚悟を決めていた。間者さぶに勝頼宛ての口上を託した。

「兄上よくわかりました。この期に及んでは、じたばたいたすまい。この城を枕に敵の侵入を阻みます。とくとご覧くだされ。その間に是非とも軍の陣立てを」


話は少し遡る。

正月三が日も浮かれることなく、盛信は高遠城の防御に注力していた。織田・徳川・北条の動きは逐一盛信にもたらされていた。この頃、近隣国で唯一武田と同盟を結んでいたのは越後の上杉だけであった。甲斐・信濃両国の周りは、西に織田、南に徳川、東に北条と敵に囲まれていた。

　北条の背後を牽制するために武田、佐竹、里見との軍事同盟が結ばれていたが、目に見える効果は出ていなかった。さぶからもたらされた情報により、木曾の動きが怪しいことや、徳川が兵糧米を例年以上に備蓄していること。そして織田が武田との最終決戦に臨もうとしていること等々、短期間で入手していた。その情報は兄勝頼にも逐次届けられていた。情勢は厳しいものであったが、勝頼は盛信の行動力に、盛信に対する信頼をより深めていた。


　叔父の信廉が大嶋城から撤退した後、一人の女が侍女数人を引き連れ、高遠城を目指していた。途上の信忠軍の目を恐れ、一行はお伊勢様詣での恰好をしていた。怪しむ者はなく順調に高遠城城下に入っていた。

　高遠城は三峰川と藤沢川が合流する河岸段丘の上に立地している。大手・搦手より入ると本丸・二ノ丸・三ノ丸・勘助曲輪・南曲輪・法幢院《ほうどういん》曲輪・笹曲輪からなる、籠城するには十分な要害堅固な城であった。大手門番から盛信に伝言があった。

「女が一人、是非にと、大手に来ております」

盛信は即座に、

「何を言っている。戦のさなかだ、追い返せ」

当然である。おなごを城から脱出させることはあっても、戦場となっている城に入れることなどあろうはずもない。

女一行はその場を去った。

十二

二月二十七日、伊那の飯島城に滞陣していた織田信忠から盛信のもとに一通の書状が届いた。内容は降伏勧告である。信玄・勝頼の過去の不義を名分に降伏を迫っていた。勝頼が諏訪上原から既に撤退し、木曾・穴山等々も反旗を翻している。高遠城への後詰の希望も全くなく孤立無援の中での降伏勧告であった。

そして書状には、「もし受け入れれば、所領は望むところを、また黄金百枚を渡す」となっていた。

実は以前、信忠との縁談が決まっていた松姫（信玄息女・盛信同母妹）がこの時、高遠城内にいたのだった。

信玄存命の頃、勝頼の正室（信長養女、龍勝寺）が亡くなった直後に、信長より息子奇妙丸（信忠）に信玄の息女をどうしても頂きたいとの強い要望があった。信玄も当時信長との関係を保つほうが得策と考え、これを許し、松姫との縁談が成立していたのである。

松姫は甲府の地よりも、同母兄である盛信のいる高遠城にとの強い意志で勝頼の承諾を得て在城していた。信忠も間者からの報で高遠城内の様子を知っていた。武将の名や人数なども把握していたのだが、その中には女衆の名もあった。信忠は松姫がいるのを把握していたのだ。そうしたこともあり、戦を仕掛けるには忍びなかったのであろう。

信忠は一刻の猶予を与えた。

実は盛信はこの時には既に、松姫を城から脱出させていた。兵数人に警護をさせて勝頼のいる新府城に向かわせていたのだった。

信忠からの降伏勧告を受け取った盛信は、城将を本丸に招集した。

小山田《おやまだ》備中守（昌成）と大学助《だいがくのすけ》（昌貞）の兄弟らを呼び寄せ、如何にすべきか意見を聴取した。盛信の腹は既に決まっていたが、その思いを強固なものとするために両名に問うたのだった。二人の意見はそれに応えるものだった。

「盛信殿、高遠城に入城してから既に覚悟はできている。わしらは、敵を前にして逃亡した飯田・大嶋両城の臆病者とは違う。もとよりこの命は主君勝頼公に預けている。逃げることなく最後の最後まで戦い、甲斐武田家の魂を見せつけてやりましょうぞ」

この力強い魂のこもった言葉に居並ぶ城将の顔にも活気が蘇った。

頷いた盛信はすぐさま返書をしたためた。

「父信玄以来、織田家の数々の不義には悉くあきれ返っているところである。雪が消える頃、勝頼公共々織田家成敗に向かう手はずであった。しかしながら、そちらから来るとはまことに重畳。決戦に及び一気に決着をつけてやる。」

その日のうちに返書は信忠のもとに届いた。

内容を読んだ信忠はいきり立った。進軍以来、初めて戦う意志のある敵に遭遇したのである。

全軍に進発命令を発した。飯島に在陣していた全軍は、天竜川を渡河し貝沼原に進軍した。

土地勘のない信忠であったが、松尾城主小笠原信嶺が道案内役を買って出た。

貝沼原に着陣した全軍に停止命令が下った。

三月一日、信忠は、月蔵山《がつぞうざん》より高遠城内の様子を窺う偵察に出た。城内からは鼓舞するかの如く大声で唄う武将、舞う武将たちの姿があった。まるでお祭り騒ぎである。決戦を前にしてだ。

信忠は驚いた。

——これが決戦間近の城か？

岐阜進発以来、今までは内通する者や自落して城を明け渡す城主が相次ぎ、進軍は順調に進んできたのだ。しかしここへきて初めて経験する反攻勢力である。身震いがした。

一方、こちら新府城には、人質として配下の武将の妻子はその付近に住まわせていたが、十分に統制が取れていたわけではない。甲府の躑躅ヶ崎館付近に住まう人質も多数いた。

しのは森城から深志城に移った折は、夫の兄勝頼の特別の計らいで深志城にそのまま在城していた。盛信が高遠城を守るよう命ぜられた時は、近隣国及び武田家の戦況変化もめまぐるしく、新府城に住むこととなった。そのほうが安全であるとの盛信の考えも後押ししたからだ。

そうした状況下、しのは武田一門の妻として新府城にいた。

そのしのの耳には日々刻々と、武田軍の各所での敗戦や裏切りなどの戦況がもたらされていた。高遠城の状況も入っていた。さぶが届けていたのだ。

内容は、高遠城近隣の城が自落したり敵に内通したとの厳しくつらいものばかりであった。居ても立ってもいられなかったが、夫の無事と勝利を祈るしかできなかった。

この頃、しのの体調は万全ではなかった。悪阻が激しかったのだ。実はしのは身ごもっており、新たな命を授かろうとしていたのだった。

今日もさぶが新たな戦況を知らせに来た。内容はいよいよ信忠軍が高遠城に迫り、城を囲むのも間近であるとのことであった。しのはさぶに口上を言い聞かせた。

「盛信様のご苦労に日々涙が出ます。形勢は厳しいと存じますが、是非ともお命を大切になさってください。生まれてくるややのためにも」

さぶは驚いた。そして今まで気が付かなかった自分を恥じた。

「殿にご懐妊の吉報必ずやお届けいたしまする」

即座に取って返した。

さぶが高遠城近くに到達した時に、思わぬ敵が目の前に現れた。信忠の間者である。今まではいなかったのだが、信忠本隊が高遠城に近づくにしたがって、間者の数も増やして迫ってきたのである。この期に及んで悔しいが、負けるわけにはいかない。

敵は三人。小刀で攻撃した。さぶはその鍛えた身体能力を十分に活かし、一人また一人と打ち負かした。最後に残った一人に手傷を負わされたさぶであったが、反撃し敵の頸を斬って負かした。血がほとばしる敵を見たさぶは、振り向きもせずに一目散に高遠城に入った。

そこでさぶは驚いた。城内は静かだと思って帰ってきたのに、兵たちは唄えや踊れやの大騒ぎである。

すぐさま盛信に目通りし、しのからの口上を申し述べた。

それを聞いた盛信は、かっと目を見開き、大声を発した、

「よーし、吉報じゃ。明日は力の限り相戦い、信忠軍を追い払ってやる」

盛信には自信がみなぎっていた。盛信にとっては実質上の初陣である。その相手が信忠軍であることに不足はない。盛信の表情を見ていた城兵たちも大いに意気が揚がった。

三月一日の深夜、信忠軍の森長可・団忠正・河尻秀隆・毛利長秀の諸将が密かに進発し、浅瀬を渡って高遠城の大手口に向かって布陣した。

夜が明けると、城の全容を見渡せる天気になっていた。

三月二日早朝、信忠本隊も搦手口に布陣し隊列は整った。

対する盛信軍。本丸では盛信が戦況を見つつ着座していた。小山田兄弟は大手口から攻める準備を整えていた。その数三千。

信忠本隊が搦手口に一部隊を置き、大手口後方に迫っていた。

睨み合う両軍。時が静かに流れた。

信忠の軍配団扇の向かう先に武将たちの目は集中していた。ただ、信忠は慎重になっていた。父信長には逐次戦況は報告していたが、順調に進軍するものの初めて経験する徹底抗戦である。信長からは、武田軍は当主勝頼をはじめ皆強い。決して油断するなときつく言われていた。その言葉が脳裏をかすめてはいたが、弱気な気持ちを噛み殺し発した。

軍配が空に向かって大きく上がり、正面に向けて靡いた。

辰の刻（午前八時）、信忠軍先陣、森・団・河尻・毛利隊が大手口に向けて攻撃を開始した。迎え撃つ小山田隊、信忠軍の勢いに全く怯むことなく迎え撃つ。激戦が繰り広げられた。

小山田兄弟は強い。信忠軍足軽を右から左に斬って斬って斬り捨てた。兵力に勝る信忠軍であったが、なかなか城内に入ることができない。大手口での戦闘は続いた。

信忠軍は圧倒的な兵力ではあったが、それを感じさせない小山田隊の働きであった。いやむしろ、小山田隊のほうが圧倒していた。信忠軍の足軽がどんどん打ち取られていく。

後方で指揮していた信忠にも焦りの色が出てきた。信忠が大声で叫んだ。

「何をしている。早く城内に突入しろ。怯むなー！ 繰り出せ、繰り出せー！」

信忠の声が大きく響いた。

さすがは武田軍強しと信忠は感じていた。父信長の声が聞こえてくるようだ。

『たわけ！ この馬鹿者が!! あれだけ武田を侮るなと言ったではないか』

信忠、一瞬我に返った。

焦り、いらいらし始めていた自身を落ち着かせ、その後しばらく戦況を静観していた。

だが、一向に有利に運べない。大手口をなかなか破ることができないのだ。

その時である。信忠自ら鑓を手に、乱れる兵の中を突き進んだ。慌てた小姓・近習が引き留めようとするも、信忠の足は早く、後を追いかけるのが精一杯であった。

無茶をした信忠であった。総大将は常に戦闘の全体像を把握し指揮する者であって、本陣は動かないものである。本陣を移動する時は撤退する時か、敵の襲来に持ちこたえられない、どちらかといえば敗色濃厚になった時の動きである。本陣に指揮する大将がいない軍はばらばらになってしまい、統率はとれなくなってしまう。

信忠にとっては初見の武田軍である。父信長の言葉もその時は頭の中から消えていた。

信忠は自ら塀をよじ登り始めたのだった。それを見た小山田兄弟が叫んだ。

「足軽は放っておけ。敵の大将信忠のみを狙え！　狙うは信忠の首一つ」

小山田隊の兵たちは信忠を注視しており、塀の上へ向け鑓や投石で攻撃した。それを見た信忠軍の足軽は、信忠の後を追うが如く次から次へと塀を登り始めた。信忠の先へ先へとよじ登る足軽たち。あっという間に塀は信忠軍の足軽で真っ黒になった。

無茶をした信忠であったが、兵力差は如何ともしがたい。周りの兵たちの助けもあり、塀の上段に辿り着いた信忠であった。先に着いていた足軽は大手門の入り口に雪崩を打って攻めかけた。

ここで信忠が叫んだ。

「城内へ突入せよ。突入じゃー！」

小山田隊の善戦もあり攻めあぐねていた信忠軍であったが、この下知以降、城内に乱れ打ちのように突入した。搦手口にいた信忠の別動隊も侵入してきた。小山田兄弟はその様子を見て、本丸にいる盛信のもとへ駆け戻った。

信忠軍は三ノ丸・二ノ丸にも侵入してきていた。本丸でその様子をじっと見ていた盛信である。

城内に乱入してきた信忠軍を迎え撃つ盛信軍。その中には女武者の姿もあった。二ノ丸で敵兵を斬った女武者も盛信のもとに参集した。本丸にいた盛信は即座にその者たちに今までの苦労を詫びた。

その時である。一人の女武者がにぎり飯を盛信に手渡した。こんなさなかに何事ぞと思いつつも、盛信は一口でほおばった。

「えっ、この味は……」

不思議議そうな顔をする盛信であったが、その味に覚えがあった。十数年前に食した、忘れられない味である。もしや、と目をやると、女の顔はすすで浅黒くなっており、額から汗がとめどなく流れ落ちていた。

「もしや、そちは……」

一瞬、静寂の時が流れた。

「晴清様、おなつかしゅうございます」

盛信驚きつつ、

「まさか、まさか、よのか？」

盛信が懐かしそうに顔をじっと見る。

二人が別れたのは、晴清十二歳、よの十四歳の時であった。二人は成長し、晴清は盛信に名を変え若武者に、よのは益々美しくなっていた。

「お懐かしゅうございます」

よのは盛信と別れた後、武田家譜代の血を引く武士に嫁ぎ子も授かって幸せな日々を送っていた。しかしながら、武田家が揺れ始めた頃より夫との間も不仲となり、結局離縁されていたのだった。

父の武田信廉が大嶋城に在城する頃より、自身も大嶋城に身を置いていた。その後大嶋城が攻略され、父の信廉は甲府に退却していた。その折には父信廉に対し、乾坤一擲、城を死守すべく戦いをと必死に訴えたのはよのであった。

よのは近くの高遠城に盛信が城主として在城していることを知っていた。一目会いたいとの気持ちで来たのである。一度は無下にも入城を断られたが、その後、武将の身なりをして高遠城にもぐり込んでいたのである。武田家家紋を記した脇差しを持っていたため、誰にも怪しまれることなく入城できた。大手門門番は、武田菱の脇差を見せられれば、盛信に報告するまでもないだろうと入城させていたのである。

よのは盛信に対面した後に、再び二ノ丸での戦に戻っていった。

その後ろ姿に盛信が叫んだ。

「よの、死ぬでない。この隠し梯子にて逃げるんじゃ。逃げるんじゃ」

よのは笑顔を浮かべながら、武田家一門の女として敵に向かっていった。盛信も、よのを救うべく二ノ丸に向かい、敵兵を二人三人と斬り倒した。

その時である。敵兵の鑓がよのの腹部に刺さってしまった。必死に助け起こそうとする盛信を近習小姓が必死に守ろうとする中、盛信はよのの肩に手をかけ抱き起こし、本丸へと向かう。何とか辿り着いたが、既によのは虫の息になっていた。盛信の太くたくましい腕に抱きかかえられたよのである。

「よの、しゃべっては駄目じゃ。今血を止める。少々痛むがしっかりしろ。必ずや助けてやる」

鑓で刺されたよのの腹部に、盛信が口に含んだ酒を吹きかけ、手拭で上から押さえる。よのの顔が一瞬苦悶にゆがんだが、か細い声で何かを必死に伝えようとしていた。

盛信が耳をじっと近づけた。

「……晴清様、殿と暮らした日々が、……よのにとっては生涯一の……幸せな時でした。ありがとう……ございました」

盛信はよのを抱きしめた。

「よの、わかった。しゃべらなくていい。今助けてやるからな。心配はいらないからな」

よのの最期の言葉は、途切れ途切れではあったが、しっかりと聞き取れた。よのの目から大粒の涙が流れ落ち、静かに息が止まった。

「よのー！」

盛信の声が城内に響き渡った。

よの二十七歳の生涯であった。戦国の世に生を受けたおなごがまた一人逝った。

盛信は大声で泣き、鬼気迫る形相で翻って、本丸に向かってきた敵兵に我武者羅に向かっていった。その勢いに敵兵も怯え、後ずさりしていた。

しかしながら多勢に無勢、信忠軍全軍が大手門・搦手口より雪崩を打って攻めてきた。城内はみるみる信忠軍の兵であふれ返った。

善戦していた小山田兄弟も本丸に戻ってきた。

「殿……これまででございます」

「攻め方やめーい」

その姿を見ていた信忠が、攻撃をやめるよう下知した。信忠は若年ながら真向勝負を挑んできた盛信に、ある種の尊敬の念を抱いていた。

信忠が叫んだ。

「敵ながら天晴れな戦い。皆の者よく見るがよい。これが武田武士の真の姿ぞ。武田の勇者ぞ」

盛信も十分戦った。最期は潔くと考えていた。思い残すことは何もない。本丸櫓に上がり、小山田兄弟らと別れの盃を交わし、近習にも今までの労をねぎらった。

「ここまでよくこの若輩盛信に付き従ってくれた。心から礼を申す。この上は潔く身を決し、皆とはあの世で大いに語り合おうぞ」

その後、小山田兄弟が盛信に深く会釈をし、脇差しで切腹自刃した。介錯なしであったが、兄弟の顔は満足感に満ちていた。やり遂げたという顔であった。

その時である。盛信の耳に、はっきりと声が聞こえてきた。

『晴清、最後の最後までよく戦ってくれた。勝頼にもよくぞ付き従ってくれた』

盛信は目を見開き、

「えっ、その声は……もしや父上でございますか！」

『武田家の行く末をじっと見ていたのじゃ。晴清、そちには礼を言うぞ。そちは間違いなく〝武田家の真の雄《ゆう》・信濃の誉じゃ〟』

盛信には、はっきりと父信玄の言葉が聞き取れた。盛信の心はある意味、晴れ晴れとしていた。

『武田家に生を受け、色々なことがありました。さよ・よの・しのとの三度の婚儀。一武将としてお仕えした父信玄・兄勝頼のこと。兄義信の死、根知城での初めての戦仕掛け、そして信忠との大戦。短い年月ではありましたが、精一杯生き抜いた人生でした。この上は父上と兄義信と、是非とも語り合いたい……』

盛信は、よのと小山田兄弟の死を見届けた後、自ら刃を首にし果てた。享年二十五の生涯であった。

武田信玄の子として生を受け、数々の困難を乗り越え、その命を戦国の世に捧げた武田晴清こと仁科盛信の生涯が閉じた瞬間であった。
その姿を見て周りの近習も次々に自刃して果てた。

武田武士の気概を最後まで見せつけた高遠城の戦であったが、ついに高遠城は落城した。諸説あるが、武田軍の死者は百七人、信忠軍は二百七十人とある。信忠軍の戦死者は実に武田軍の倍以上であった。激烈な戦闘を物語っている。

盛信の首級は間もなく信長のもとへ届けられた。信長は宿敵信玄の五男であること、後詰のない武田軍で唯一正々堂々と正面から向かってきた盛信の首級を丁重に葬った。

一方、信忠に対しては、総大将としてのあるまじき戦内容。厳しく叱りつけたとのことである。そう、塀をよじ登るという無茶な戦い方をしたことに対する信長の怒りである。

また戦後、首のない武田軍兵の遺骸は領民の手によって密かに荼毘にふされ、静かに葬られたとのことである。高遠城より南に約一・五キロメートル、五郎山と言われる山に仁科五郎盛信の遺骸は葬られた。

十三

高遠城落ちるの一報は、さぶによって、新府城の勝頼・しの・松姫にもたらされた。勝頼ははるの死に途切れることのない涙を流し、その冥福を祈った。

その夜、新府城内では最後の評定があった。織田の軍勢が甲府に着陣するのはもう目前である。一刻の猶予もなかった。

真田昌幸から献策があった。

「我が上州の岩櫃《いわびつ》城に是非お出でください。城は要害堅固のため、籠城し、しばらくの間引き延ばすことはできます。その間に上杉はじめ近隣諸侯の助勢を得つつ、再起を図りましょうぞ」

確かに岩櫃城（群馬県吾妻町）は岩櫃山の断崖絶壁の地形を活かした山城であり、

要害堅固な城である。

一方、小山田信茂からも献策があった。

小山田の領内にある岩殿城（大月市賑岡町《にぎおかまち》）への籠城である。

勝頼は小山田案を採用した。武田家へ家臣として仕えてくれた年数で決めたのかどうかは定かでない。

評定は決し、翌三月三日早朝、新府城に火を放ち、勝頼一行は小山田信茂の領地郡内岩殿城に向かった。

しのは、新府城を出て、仁科家の本領越後との国境近くに帰り、古い親戚を頼り身を寄せたとも言われるが、その行方ははっきりとはわからない。

松姫は、勝頼の娘を連れて勝頼夫人のいとこである、足利義氏を頼って古河に逃げたと言われている。

新府城を出た勝頼は甲府を経て勝沼の柏尾山大善寺で一泊、そして笹子峠の麓、駒飼宿に向かいそこで小山田の迎えを待つこととした。しかし待てども小山田は来ず、そこで彼の裏切りを知る。小山田謀反の報に接した武田家家臣たちは動揺し、我先にと勝頼のもとを離れ逃亡していく者多く、残ったのは四十数名となった。進退窮まった主従は日川渓谷沿いに天目山栖雲寺《せいうんじ》を目指した。しかし寺のある木賊《とくさ》の人々に拒まれ田野の地に追い詰められた勝頼であったが、織田方の滝川一益の手も迫って来ていた。

ここまでと観念した勝頼は、三月十一日、北条夫人、信勝をはじめ残った家臣と共に自刃して果てた。時に勝頼三十七歳、信勝十六歳、夫人は十九歳の生涯であった。

その後、裏切り者の小山田信茂は、信長の命で惨殺される。

「およそ非道な裏切り、武士の風上にもおけぬ輩じゃ。斬って捨てい」

武田信豊はこの年、勝頼より信濃一国を与えられ小諸城に入っていた。そこで佐久郡・西上野の衆を糾合して信長軍に背後から一撃を喰らわせようと画策していたが、城代の裏切りに遭い、奮戦したが全身に傷を負い、自刃して果てた。
武田信廉は甲府において総大将信忠によって斬殺された。
ここに鎌倉以来の名門、清和源氏の血を引く甲斐源氏戦国大名武田氏の名は歴史から姿を消したのである。
もう一人、さぶはその後、どの武将の間者にもならず、故郷の仁科三湖に戻り農業に従事したという。
仁科盛信の戒名は、
蒼龍院殿成巌建功大居士
二十五歳の若さで死んだ盛信は、その位牌が現在、伊那市高遠町の桂泉院で静かに眠っている。

付記

現在、長野県歌に制定されている「信濃の国」。
その第五番では、信濃ゆかりの歴史人物が詠われている。

旭将軍義仲も　仁科の五郎信盛も
春台太宰先生も　象山佐久間先生も
皆此国の人にして　文武の誉れたぐいなく
山と聳えて世に仰ぎ　川と流れて名は尽ず

仁科五郎盛信（信盛）は信濃の誉として、未来永劫唄い語り継がれていくことであろう。

高遠城址公園には、春ともなれば千五百本とも言われる桜、高遠小彼岸桜が古の武者の魂を鎮魂するかの如く一斉に咲き乱れる。

その美しい景観は今も我々の目の前に広がっている。

◇主要参考文献

『武田氏滅亡』平山優 著　角川選書
『武田信玄の子供たち』丸島和洋 編　宮帯出版社
「甲斐の虎信玄と武田一族」（別冊歴史読本73）新人物往来社

あとがき

私が本格的に「武田信玄」という人物と出会ったのは一八歳の頃でした。大学の下宿を探しに、父親と弟の三人で大糸線の急行白馬号（金沢発松本行き）に乗車し、駅構内で買った『信玄』（武田八洲満著　毎日新聞社）を松本まで行く間に読んだ時からでした。感銘を受け、一体どんな人物なのか、より深く知りたいと思いました。

大学時代は、一年間を松本市で、三年間を長野市で過ごしました。武田信玄に関する名所旧跡が数多ある地で四年間を過ごし、幾度となく巡りました。特に川中島合戦場は何十回も訪れました。また山梨県の武田神社や信玄公祭りにも足を運びました。

三年生の秋だったと思いますが、午後からの実験授業終了後、車で京都に向かいました。貧乏学生でしたので、勿論、一般道（国道）での移動でした。八時間くらいかかったことを記憶しています。その折に滋賀県と京都府の県境辺りで、「信玄は是非ともここを越えたかったであろう」と感慨深く思い、しばらく眺めていました。

りもして――。

「山縣、瀬田に旗を立てよ」という声とともに「風林火山」がはためくのを想像したりもして――。

　あれから、四十年経過し、文芸社の方々とのご縁があり今回執筆することになりました。執筆にあたり、より武田信玄の人間性を深く知ることで、武田家のルーツやその後の武田家の子孫などにも興味を持ち、特に信玄五男の武田信清こと仁科盛信の生き様に感動を覚えました。

　信玄死後、長篠の戦を経て重臣達の離反があり風前の灯になっていた武田家。しかし唯一と言っていいくらい、織田軍に抵抗し戦い抜いた生き様。若いとはいえ、よく決断し向かっていった胆力と勇気に敬服の外はありません。複雑な現代社会に、仁科盛信の生き様は勇気を与えてくれるものだと思います。

　最後に、本書を手に取り読んで下さいました読者の皆様に心より感謝を申し上げたいと思います。ありがとうございました。

二〇二三年十二月

前田　宗徳